KB154364

나쁜 편집장

나쁜 편집장

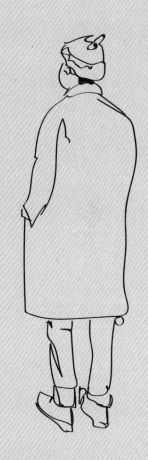

우주북스

일단은, 프롤로그

1. '의외성'을 좋아합니다. 조금씩 펼쳐지는 듯한 글자의 모양새도, 적당히 긴장하고 뱉어내야 하는 발음도, 그 단어가 품고 있는 의미도 모두 매력적입니다.

2. 어릴 적 가장 싫어했던 것은 글쓰기였습니다. 제한된 시간 안에 머릿 속에 있는 것을 지면 위 활자로 쏟아내는 일, 그리고 그 글이 타인으로부터 평가 받아야 한다는 사실은 아직까지도 불편하고 불쾌한 기억으로 남아 있습니다. "글을 쓰는 것을 업으로 절대 하지 않겠다"는 그 시절의 다짐은, 먹고 살기 위해 한 스포츠신문 기자로 입사하며 멀어졌습니다. 그리고 지금 이번 생에서 두 번째 책을 출간하기 위해 퇴근 후 식탁에 앉아 이 글을 적고 있습니다.

3. 경험 바깥의 세상을 마주하는 것은 누구나 두렵습니다. 예측하지 못하는 불안함에서 나오는 두려움이죠. 그래서인지 나이를 먹고 시간이 지날수록 익숙한 것들에 둘러싸여 살아갑니다. 다만, 안정된 영역으로의 진입은 좀 따분합니다.

4. 신문사에서 방송국으로, 방송국에서 다시 온라인 매체로 옮기며 분주하게 살았습니다. 부수적인 조건들도 영향을 끼쳤지만, 중요한 것은 새로운 것이 주는 '의외성'과 스스로의 '성장 가능성' 유무였습니다. '착한 잡지'를 만들고 있는 지금의 직장 역시도 그것의 연장선상입니다.

5. '착한 인생'과 거리가 있는 삶을 살아왔습니다. 40년도 채 되지 않은 짧은 인생을 거슬러 올라가면 누군가의 앞에 내놓기 민망한 기억들도 스칩니다. 치열한 경쟁에서 뒤처지지 않으려고 안간힘을 썼던 지난한 시간들이지만, 그것이 마땅한 변명이 될 수 없다는 것을 잘 알고 있습니다.

6. 여유를 반납한 삶은, 스스로의 행복도 앗아갔습니다. 언젠가부터 같은 질문을 되뇌었습니다. "지금 난 행복한가?" "내 삶은 의미가 있는가?" 여전히 콘텐츠를 만드는 삶이지만, 그 콘텐츠가 도움이 필요한 누군가에게 유용하게 활용되는 방식, 착하지 않은 사람이더라도 의미 있는 일을 할 수 있는 시스템에 들어왔습니다.

7. 콘텐츠업에 종사하던 평범한 보통 직장인이 '착한 잡지'를 만드는 곳으로 이직하면서 마주했던 복잡한 감정의 흐름을, 2주 간격의 호흡으로 착실하게 기록했습니다. 당시 쓰여진 글을 따라가면서 저와 함께 느긋하게 즐겨주세요. 50여 권의 잡지를 만드는 기간, 여과 없이 튀어나왔던 마음의 조각을 꾹꾹 눌러 담아 놓은 본격 '푸념 에세이'입니다.

나쁜 편집장 박현민

목 차

01.
낯설디 낯선

어쩌다 편집장

전쟁터 같은 곳이었다. 잠시도 포털 메인 연예 뉴스에 이름이 올라가 있지 않으면 불안감에 휩싸이곤 했다. 수시로 전화를 돌렸고, 밥을 먹고 술을 마시며 인맥을 다지며 안도했다. 개인 스케줄은 언제나 우선순위 맨 끄트머리에 간신히 매달려 있었고, 익숙한 신호와 함께 아래로 떨어져 나뒹굴기 일쑤였다. "딱 오늘만 넘기자. 내일 꼭 퇴사해야지."

그렇게 시간이 흘러 10년차 연예부 기자가 됐다. 인간관계와 건강은 사이좋게 무너졌고, 작은 일에도 화가 치밀어 올라 '분노조절장애'를 의심케 했다. 뚜렷한 적신호가 켜졌는데, 나 혼자만 몰랐다. 아니, 모른 척 했다. 언젠가부터 '행복'에 대한 질문이 피어올랐지만, "행복한 사람은 없다"는 주변인의 조언이 어렵게 핀 물음을 봉쇄했다. 여전히 나의 행복은 포털의 메인과 단독 기사뿐이었다. 대부분 한 시간도 넘기지 못한 채 사그라지곤 했지만.

2014년 6월, 일본군 성 노예제 피해 생존자분들이 계시는 나눔의 집에서 당시 <빅이슈> 관계자를 만났고, 잡지에 재능기부로 연애 칼럼을 연재하기 시작했다. 2016년 12월, 24회의 연애 칼럼과 새롭게 쓴 10여 편의 글을 모아 <연애; 아무것도 아닌, 모든 것>을 출판했다. 서점 판매와 더불어 빅이슈 판매원(이하 빅판)분들의 거리 판매도 동시에 이뤄졌으며, 수익의 절반은 <빅이슈>와 마찬가지로 빅판분들에게 돌아갔다. 2017년 6월, 빅이슈코리아 편집장이 됐다. 주변의 만류도, 응원도 있었다. 악착같이 붙들고 있던 것들이 한순간에 사라져버리진 않을까 불안해하며, 출근 전날 뜬

눈으로 밤을 흘려보냈다. 후배들에 의존해 158호를 내놓으니, 곧장 159호 마감이 코앞에 다가왔다.

새롭게 맺은 인연이, 희미한 행복을 좇으며 하루하루를 버텨낸 과거의 나를, 복잡한 미로에서 건져올려주었으면 하는 마음이었다.

<빅이슈>를 아시나요?

누가 툭 치면 이 말부터 튀어나올 것 같다. 요즘 내가 사람들에게 수도 없이 반복하는 말이다. 사실 이곳에 들어오기 전까지 문화계, 아니 엔터테인먼트업계에서 이렇게까지 <빅이슈>의 인지도가 낮을 줄은 미처 예상하지 못했다. 당혹스러웠다. 주변인 모두가 당연히 알고 있을 것이라 여긴 내 생각은 단단히 착각이었다. 이는 7년간 열심히 해당 잡지를 만들고 알려온 수많은 이에게는 뼈아픈 말일 수 있다. 하지만 반드시 직시해야 할 현실이다.

한 달간 200장의 명함을 사용했다. 하루에 서너 번씩 관계자를 만나러 다니며 설명을 거듭했다. "영국에서 처음 시작한…"이라는 말에는 "그거 혹시 행운의 편지냐?"라는 농이 많았고, "홈리스의 자활을 위한…"이라는 설명에는 "그래서 뭘 도와달라는 거냐?"라는 시큰둥한 답이 돌아와 꽂히기도 했다. 상대에게 "당연히 알죠"라는 답이 돌아오면, 세상을 다 얻은 것처럼 기뻤다. 일단 대화를 더 이어갈 수 있으니, 그것으로 충분했다.

2016년 12월, 문재인 더불어민주당 전 대표(현 19대 대통령)는 서울시 마포구 홍대 앞 거리에서 직접 <빅이슈>를 판매했다. 빅판을 돕는 빅이슈 도우미(이하 빅돔)이었다. 당시 문 전 대표는 "잡지를 사면 판매가의 절반이 판매한 분에게로 돌아간다"는 말로써 홈리스의 자립을 지원하는 <빅이슈>의 취지에 공감했다. 정권 출범 이후에도 소외 계층 지원에 앞장서며, 기업의 사회적 가치를 강조하는 문 대통령을 보고있자면, 그저 눈앞의 민심을 잡기 위해 허투루 던진 말은 아닌 듯싶다. 현재 6개 국가에서 9종이 발매

되고 있는*2017년 기준 <빅이슈>는 폴 매카트니, 베네딕트 컴버배치, 데이비드 베컴, 조앤 K.롤링 등 유명인들이 동참해 발행되고 있다. 맞다. 눈치챘겠지만, 이렇게 문 대통령 이야기나 해외 사례들을 끌어온 건 부족한 국내 <빅이슈>의 인지도를 조금이나마 함께 올려보기 위한 나 나름의 발버둥이다. 물론 국내에서도 의식 있는 스타들이 기꺼이 참여하길 원한다. 다만, 아직도 <빅이슈>가 뭔지 모르는 이가 대다수인 현 상황이 몹시도 아쉽긴 하지만.

지겹지 않다

폭염과 폭우의 교차다. 마음이 불편하다. 스트리트 페이퍼는 특성 상 날씨의 영향을 직접적으로 받는다. 우리도 예외일 수 없다. 부 지런히 그늘을 찾아다니고, 에어컨이 작동되는 실내에서 타자를 두드리는 지금, 미안함이 유독 짙다. 가만히 서 있어도 땀이 주룩 쏟아지는 뙤약볕에서 몇 시간이고 잡지를 판매하고 있을 빅판 분들의 건강이 걱정이다. 사람이라는 동물이 이렇게 간사하다. 이 곳에 오기 전에는 제대로 신경조차 쓰지 않던 일들이 하나둘 눈에 밟힌다.

늘 그렇다. 자기 일이 아니면 관심을 두지 않고 쉽게, 대충 생각한 다. 304명의 목숨을 앗아간 세월호 참사에 대해 "지겨우니 그만 좀 하라"고 역정을 내는 이들도 마찬가지다. 내 가족, 내 아이, 내 친구가 희생됐다면 그럴 수 없을 게 자명하다. 참혹했던 그날의 일들에 대한 책임자 처벌이 속 시원하게 이뤄지지 않았고, 당시의 상처는 아물지 않았다. 보호해야 할 자국민을 사지로 내모는 정부 가 더 이상은 나오지 말아야 한다.

전혀, 지겹지 않다.

여유를 부릴 여유는 없다

휴가 기간이다. 너무 더워서 업무 효율이 떨어지니 쉬면서 충전을 하고 오라는 배려겠거니 싶다. 사실 이렇게 '추측' 정도밖에 할 수 없는 건 도무지 이 휴가라는 개념이 익숙지 않아서다. 10년 가까이 일하면서 제대로 된 휴가를 떠나보지 못했다. 회사 탓으로 돌리진 않겠다. (부정하고 싶지만) '일중독자'로 분류되는 성향 때문에 마무리하지 않은 일을 두고 훌쩍 떠나는 게 불가능하다.

솔직히 고백하자면 휴가지 인파에 치이는 것보다 일을 해서 만족스러운 결과물을 내는 편이 훨씬 더 행복하다. 가족과 보냈던 어린 시절이 영향을 끼친 건지도 모르겠다. 다들 바빴기에, 함께 외식하거나 여행을 떠날 사치는 없었다. 독립한 이후도 마찬가지다. 생계를 위해서라도 하고 있는 일을 멈출 수가 없다. 일과 삶을 분리할 수 없는 운명이다. 그러니, 여유를 부릴 여유는 없다.

이번호를 발매하는 날은 72주년 광복절*2017년 8월 15일이다. 일본군 '위안부'에 대한 이야기를 꺼내지 않을 수 없었다. 우리는 해당 문제를 수년간 꾸준하게 다뤘다. 참전 일본군의 증언, 수요 시위, '평화의 소녀상'을 만든 작가 인터뷰 등이 그러했다. 생각보다 시간이 많지 않다. 김군자 할머니가 지난달 결국 별세했다. 이제 '위안부' 피해 생존자는 단 37명뿐이다. 잊는 건 기억하는 것보다 쉽다. 그러니 잊지 않기 위해선 애써야 한다.

취향 없는 취향입니다

나이를 먹는다는 것은 익숙한 뭔가가 생겨나는 것을 의미한다. 즐겨 듣는 음악, 즐겨 보는 책, 즐겨 가는 카페나 술집 같은 목록이 겹겹이 쌓여 '나'라는 노트의 빈칸이 하나둘 채워지는 과정 말이다. 사람들은 이렇게 채워진 목록을 '취향'이라고 부른다. '취향'은 누군가를 판단하는 도구로 활용되며, 너와 나를 구분 짓는 가늠선이 되기도 한다. 이를 누군가와 공유하는 행위는 남들보다 더 친밀한 사이가 됐다는 것을 의미한다.

아무튼 이 '취향'이라는 것은 우리네 인간 사회에서 꽤 중요한 위치를 차지한다. 문제는 억지 취향이다. 고급스럽기 위해, 독특하기 위해, 있어 보이기 위해, 친해지기 위해, 자신의 취향을 고의로 매만진다. 취향을 위한 취향이 아닌, 목적을 위한 취향이다. 결국 마음에도 없는 취향은 자아와 분리되어 부유할 수밖에 없다. 취향을 희생해 목적을 이뤄낸 '나'는 행복할까? 취향에는 본디 귀천이 없다. 그저 각자의 취향이 있을 뿐이다.

다양한 취향을 가진 사람들을 위해 매번 고민을 거듭한다. 물론 취향을 억지로 강요할 마음은 없다. 취향이라는 건 자연스럽게 생겨가는 게 가장 좋으니깐. 누군가에게 떠밀릴 취향이라면 차라리 없는 편이 더 낫다.

"취향없는 취향입니다." 좋지 아니한가.

원래부터 그런 건 없다

한 학생이 또래 학생들에게 집단 구타를 당했다. 피투성이가 된 채 무릎을 꿇고 있는 사진이 SNS를 통해 번지자 여론은 들끓었고, 가해 학생들은 법의 심판대에 서게 됐다. 가해자가 저지른 범죄가 '미성년'이라는 울타리 안에서 보호받는 것 때문에 '소년법'을 향한 힐난도 함께 고개를 들었다. 끔찍한 범죄에 경악하자 함께 있던 이가 "원래부터 그랬어", "우리 때는 더 심했다"라는 말로 이를 대수롭지 않게 받아넘겼다.

익숙한 광경이다. 적재량을 초과해 안정성이 의심되는 상태에서 출항한 배, 단순히 성별만으로 누군가를 차별적으로 옭아매는 행위, 장애인 학교를 혐오 시설이라 규정하고 설립을 반대하는 목소리, 모두가 "원래부터 그랬다"라는 오랜 세월 이어진 관행과 고정관념으로 덮어 책임을 회피한다. 심각한 문제를 심각하지 않은 것처럼 바꾸는 마법과도 같은 언어다.

원래부터 그런 건 없다. 원래부터 잘못된 게 있을 뿐이다. 뒤늦게 문제를 인지하고 바로잡으려는 시도를 가로막는 일은 그야말로 어리석은 짓이다. 잘못을 늦게라도 알아챈 것에 대해 겹겹이 반성해도 모자랄 판에 "원래부터 그랬다"는 말로, 뭘 그렇게 유난을 떠느냐고 하는 것은 무지에서 오는 일종의 폭력이다. 학교나 회사에서도 마찬가지다. 원래 해왔던 대로, 이유나 판단은 배제한 채 의심도 의식도 없이 과거의 전철을 되밟을 뿐이다.

틀렸다. 뒤틀린 판단이 녹아든 관행과 전통이라면 힘을 모아서 솎

아내는 게 마땅하다. 결국 그래봤자 완벽하지 않은 인간이 만든, 완벽하지 않은 규정에 불과하다.

'원래부터'라는 보이지 않는 족쇄에서 벗어나 변화를 꾀하려 애쓰고 있다. 많은 사람의 관심과 사랑을 받다 보면 자칫 모든 게 당연한 것처럼 여겨지고, 편안한 현실에 안주한 채 앞으로 더 나아가지 않게 된다. 그건 어떤 의미에서 이미 '죽어 있는 상태'나 다름없다. 남들이 쉽게 언급하지 못했던 주제를 다루고, 섭외하기 힘든 인터뷰이의 목소리를 담고, 미처 생각하지 못했던 일면을 보여주는 것, 그게 우리가 앞으로 나아가고자 하는 방향이다.

욕심은 만족을 모른다

인간은 탐욕의 동물이다. 자신이 갖고 있는 것을 뺏기지 않으려 안간힘을 쓰고, 갖지 못한 것을 얻기 위해 또 다시 안간힘을 쓴다. 손에 쥐고 있는 것을 행여 놓칠까 진실을 왜곡하고, 죄 없는 이를 희생시키는 것도 마다않는다. 최근 그 실체가 공개된 '문화예술계 블랙리스트'는 이 같은 모습을 적나라하게 보여주는 결과물이다. 지난 9년간 은밀하고 꼼꼼하게 이뤄진 국가기관의 치졸하고 비열한 불법 행위가 수면 위로 모습을 드러낸 셈이다. 언론은 통제됐고, 여론은 조작됐으며, 그 과정에서 국민들은 철저하게 유린됐다. 믿기 힘들지만, 모두가 직시해야할 사실이다.

낯부끄러운 현실을 뒤집어 생각하면, 작금의 사회에서 이뤄지고 있는 나눔과 선행은 그래서 더 따뜻하고 특별해진다. 본연의 욕심을 내려놓고, 더 나은 세상을 위해 땀 흘리거나, 자신의 것을 내어놓는 이들은 그 자체로 박수 받아 마땅하다.

착한 잡지, 나쁜 편집장

기묘한 인내심 테스트가 이어지고 있다. 텍스트로 옮기기에도 부끄러운 일들이 연이어 터졌다. 상식선에서 받아들일 수 없는 무례하고 무책임한 일들. 귀신에 홀리지 않고서야 있을 수 없는 일이라 생각될 만큼 해괴하다. 몸속 깊숙한 곳에 싸매둔 분노가 고개를 든다.

부산국제영화제에서 만난 선배는 이 모든 것이 내 탓이라고 했다. 타인을 향한 잣대가 온전히 내 기준에 맞춰진 게 문제라는 지적이다. 어쩌면 그들은 나름의 최선을 다하고 있는데, 그걸 이해 못 해주고 비난하는 것은 독선일 수 있다고 덧붙였다. 고개를 끄덕이고 술을 삼켰다. 이해는 잘 안 됐지만 이해하는 척했다. 그러니 마음이 한결 편해졌다.

아니, 그럴리가! 도리어 더 불편하다. 문제조차 인지하지 못하는 상태면 심각하다. 그럼 이 해괴한 일이 반복될 수도 있다는 소리 아닌가. 모두가 최선을 다하고 있을 것이라는 상냥한 판단에, 타인이 벌이는 일에 아무런 관심도 갖지 않는다면, 그 비상식이 기준으로 굳어질 수도 있다. 그렇게 고착된 괴이한 기준은 성장을 좀먹는 괴물이 될 게 분명하다. 죄책감도 없이 발목을 잡아선 안 된다.

실수를 바로잡는 일은 문제를 인지하는 데서 시작된다. 지적과 분노는, 어쩌면 다른 형태를 취하는 관심과 애정이다. 누구나 잘못을 저지를 수 있다. 그럼에도 지나간 과오를 끄집어내 언급하는 이유는 그 자체의 비난에 목적이 있지 아니하다. 유사한 실수를 반복하지 않게 하기 위해서다. 어제는 이미 흘러갔고 오늘이 눈앞에 왔다. 그러니깐 지금이 가장 중요한 순간이다.

"모두에게 사랑받을 수는 없다." 얼마전 인터뷰를 진행했던 배우 문근영이 했던 말이다. 공감한다. 모두의 사랑을 갈구하는 순간, 타인의 시선만 남은 채 진짜 내가 고스란히 지워진다. 누구에게도 미움받지 않기 위해 생성된 조바심은, 내면에 있는 진심을 옥죈다. 적당히 타협하는 걸 미덕으로 여기는 세상이고, 모난 돌이 정 맞는 사회다. 선택은 본인의 몫이다.

그렇다면, 난 착한 잡지를 만드는 나쁜 편집장이 되겠다.

공간은 기억을 품는다

인간의 뇌가 저장하는 기억은 제한적이다. 쉼 없이 밀려들어오는 데이터를 효율적으로 관리하기 위해 꼭 필요한 내용을 붙들고 나머지 내용을 순차적으로 흘려보내는 과정을 수반한다. 하지만 때로는 완벽하게 잊었다고 생각했던 뭔가가 어떤 계기를 통해 불현듯 떠오르는 경우가 있다. 무심코 음악을 듣다가 과거의 누군가가 예고도 없이 떠오르거나, 음식을 먹던 중 수년 전 사건이 복기되는 게 그런 일에 해당한다. 내 경우엔 그 매개체가 대부분 '공간'이다. 특정 장소에 물리적으로 다다르면 축적된 기억과 감정이 쏟아져 들어오는 형태다. 예컨대 혜화동의 오래된 카페는 첫 데이트의 수줍었던 기억을, 홍대의 구석진 곳에 숨겨진 지하 LP바는 밤새 잔을 기울이던 무모했던 청춘의 한순간을 불쑥 꺼내 건넨다.

도쿄에 다녀왔다. 현실의 벽에 부딪혀 앞으로 나아가지 못할 때면 찾는 곳이다. 10여 년 전 일본어도 못하는 채로, 아무 연고도 없이 살아내야 했던 당시의 마음을 헤집어서 꺼내기 위함이다. 종일 접시를 닦고, 100엔짜리 햄버거로 하루를 견뎌내며 버텼던 그때의 마음이 옅어져 사라지는 것을 꾹꾹 눌러 되새기려는 심산이다. 말만 통하면 뭐든 다 할 수 있을 거라던, 새벽녘 비좁은 골목길에서의 절절한 다짐을 그렇게 고의로 다시금 소환한다.

편집장이라는 타이틀을 달고 잡지를 발행한 게 이번이 꼭 열 번째다. 즐겁고 행복했던 순간, 무력하고 화가 났던 일이 혼재했던 5개월이다. 앞날은 모른다. 우연처럼 날아온 이곳에 언제까지 머무를지 장담할 순 없다. 다만, 빅판분들 앞에서 따끈한 신간의 내용을 설명하는 불광동 서울혁신파크가, 마감 때면 언제나 새벽에 홀로 남아 지금처럼 첫 장의 글을 새겨 넣고 있는 이곳 성수동 헤이그 라운드가, 훗날 부디 따뜻한 기억만 불러내줬으면 하는 바람이다.

기대한다, 기대하지 않는다.

기대한다:

[동사] 어떤 일이 원하는 대로 이루어지기를 바라면서 기다린다.

'기대한다'는 것은 위험한 감정이다. 무언가를 기대했는데, 그만한 결과가 돌아오지 않았던 순간을 떠올려보라. 마음이 상하고, 실망하고, 때로는 분노한다. 그렇다고 기대라는 것이 계약서처럼 명료한 상호 합의를 도출한 사안은 아니기에, 상대방이 '애가 왜 이러나?' 하는 반응을 내비칠 수도 있다. 기대가 충족되지 않아서 알아달라고 내색했는데, 알아줄 거라는 기대가 또 어긋났으니 다시 섭섭해진다. 애초에 기대한 게 문제다.

그럼 기대가 없다면 평온해질 수 있지 않을까. 연인 사이에 기념일을 잊거나 약속에 늦어도 상관없다. 기대가 없으니깐! 팀원에게 일을 맡겼는데 엉망진창으로 해놔도 괜찮다. 기대를 안 했으니깐! 중요한 시험을 망쳐도 심란하지 않다. 점수가 잘 나올 것이라는 기대가 없었으니 말이다. '기대 없음'은 대부분의 경우에 대입해도 웬만큼 적용 가능하다. 최근 기분이 상했던 이유를 더듬어보라. 결국 기대 때문은 아니었나? 기대는 우리의 마음을 좀먹는다. 감정의 변화를 바닥으로 떠미는 것은 사실상 기대다. 기대라는 마음을 제거하는 일은 부정적 감정에서 해방되는 길이다.

기대를 지웠다. 기대하지 않는 삶은 기대받지 않는 삶과 맞닿는다. 당신에게 아무도, 아무것도 기대하지 않는다. 부담도 덜고, 하고 싶은 대로 살면 된다. 이것은 당신을 포기하고, 단념했다는 이야기다. 기대라는 것은 그러니깐 아직은 당신을 포기하지 않은 이들의 바람이다. 인간이 인간답기를, 각자가 맡은 역할의 의무를 다하기를, 세상에 좀 더 유익한 존재가 되기를 기대한다. 응축된 기대는 동기부여나 자극이 되어, 더 나은 삶으로, 더 나은 세상으로 나아가는 자양분이 된다. 이전과 다른 세상을 기대했기에, 앞서 우리는 기꺼이 광장에서 촛불을 밝히지 않았나. 뭐 어쨌거나 선택은 당신 몫이다.

다이어리를 고를 시간

한 해를 떠나보내는 일은 여전히 익숙지 않다. 언제나 그러했듯 연말은 떠들썩한 분위기다. 계주처럼 바통을 넘겨받는 각종 모임의 송년회가 그렇고, 크리스마스보다 한참 먼저 도착한 화려한 트리와 캐럴 역시 한몫한다. TV만 켜면 쏟아지는 연말 특집과 시상식도 마찬가지다. 다들 그렇게 각자의 방식으로 '2017년'을 떠나보내고 있다. 내 경우는 '다이어리'다. 기억력이 좋지 않아 고등학교 시절부터 20년째 다이어리를 쓰고 있는데, 한 해를 매듭짓기에 이것만큼 유용한 게 또 없다는 생각이다. 이런저런 텍스트가 적힌 페이지를 찬찬히 넘겨보면 올해의 날들이 한 편의 파노라마처럼 펼쳐진다.

예컨대 1월 1일에 적힌 다이어리 첫 글은 '떡국이 먹고 싶어서 새벽의 편의점에 갔다'인데, 이건 다시 읽어도 왠지 야근 당시의 감정이 되살아나 쓸쓸해진다. 올해 첫 영화는 남들보다 한참 늦게 본 <라라랜드>였는데, '천장의 얼룩, 판타지가 현실이 되는 순간'이라는 메모가 덩그러니 남겨져 있다. 소설 <82년생 김지영>을 읽고는 '남자'라는 이유로 아무렇지 않게 받아온 혜택에 대한 부끄러움과 '여자'라는 이유로 동시대를 힘겹게 살았을 김지영에 대한 미안함이 기록되어 있다. 영화, 책 등의 콘텐츠와 더불어 한 해 동안 만난 사람들, 방문한 장소, 먹은 음식, 크고 작은 사건이 단어나 문장으로 나열되어 있다. '세월호' 3주기, 촛불집회, 장미대선, 그리고 '위안부' 피해 생존자에 대한 이야기도 등장한다.

무엇보다 큰 변화는 빅이슈코리아에 몸담게 된 이후의 시간이다.

그저 재능기부로만 참여했던 게 업이 되었고, 생소한 사회적 기업의 시스템과 종이 매체로의 회귀는 여러모로 큰 결심이 필요한 일이었다. 여러 관계가 재편됐고, 업무는 확장됐으며, 모든 스케줄이 잡지 마감과 발행 일자에 무게를 두고 변경됐다. 아마 변하지 않은 건 여전히 이상하게끔 일이 넘친다는 사실? 냉정하게 봤을 때 이곳은 여전히 부족함투성이고, 아직 할 일이 많다. 2018년 다이어리는 아마 잡지에 대한 고민과 이걸 둘러싸고 또 다이내믹하게 벌어지는 일련의 사건들이 빼곡하겠지. 자, 이제 새 다이어리를 고를 시간이다.

아무도 모른다

황망했다. 마감을 하던 사무실에서 종현의 비보를 접했다. 써야할 게 많았는데, 도무지 아무것도 써지지 않았다. 쇼케이스와 콘서트, 혹은 음악 방송 대기실에서 인사를 주고받거나 사인 CD를 건네받은 게 인연의 전부다. 그와 관련해 적지 않은 기사를 썼다. 누군가 가장 좋은 공연을 물으면 늘 샤이니를 꼽았다. 덧붙이지 않았지만, 특히 그의 솔로 무대는 관객을 매료시키는 뭔가가 있었다. 한 후배가 술을 마시며 그에 대한 인터뷰의 추억을 나열했다. 음악에 대한 애정이 남달랐던 그와 관련한 이야기였다. 또 다른 후배는 한밤중에 전화로 눈물을 쏟아냈다. 이제 더 이상 그를 볼 수도 없다는 게 실감 나질 않았다. 그들과 가까운 곳에서 일하고, 인사하고, 이야기를 나누고, 그들의 농담과 고충도 들었지만, 결국엔 아무것도 몰랐다.

모르는 것투성이다. 시간은 지나치게 빨리 흐르고, 세상은 그보다 더 빠른 속도로 변한다. 우리는 변화라는 녀석을 붙들고 어디론가 끝도 없이 끌려간다. 힘겹다는 생각이 드는 것도 잠시뿐, 남에게 뒤처지지 않아 다행이라는 안도감이 이를 덮는다. 그저 살아내기도 벅찬 세상이다. '이 정도면 잘살고 있다'고 스스로 되뇐다. 언젠가 조심스럽게 털어놓은 고민 한 줌은 '다들 그냥 그렇게 산다'는 무심한 답변으로 산산이 흩어진다. 외롭지 않을 만큼의 거리를 유지하며 하루를 또 그렇게 버텨낸다. 누군가에겐 아무것도 아닌 그것이, 어쩌면 그의 전부였을지 모른다. 모든 것은 지극히 상대적이다. 인간의 감정과 고민의 무게는 더더욱 그렇다. 긴 시간 어둠 속에서 홀로 직면해야 하는 우울함과 두려움은 '이 정도면 버틸 만하다'로 가늠할 수치가 아니다. 아무도 몰랐다는 걸 너무 늦게 알았다.

진심을 담아 마지막 인사를 건넨다.

"수고했다. 그만하면 잘했어. 정말 고생했다."

어쩌면 한낱 숫자

뻔한 건 질색이다. 예컨대 신년호 머리말에 '희망찬 새해'라는 문구를 새기고, "이제부터 다 같이 잘 해보자"는 이야기를 꺼내는 진부한 레퍼토리 말이다. 혹시라도 기대할까봐 미리 말하지만, 그럴 생각은 없다. 새해가 시작된다고 모든 게 '리셋'되고, 완전히 새로운 기회가 주어지는 것도 아닌데 이런 전개는 어차피 무의미하다. 달력과 다이어리를 새것으로 교체한다고 해서 작년이 사라지는 게 아니다. 12월이 끝나고 1월로 넘어가는 순간은, 인간의 편의에 의해 만들어진 시간 구획의 일부에 불과하다. 오히려 '새로운 시작'이 기다리고 있다는 생각을 주입시켜, 한 해의 끝자락을 흥청망청 불태우게끔 부추기는 데 일조할 수 있다. 내일부터 금주를 할 테니, 오늘은 술잔을 양껏 기울이자는 것처럼.

과거와 현재, 어제와 오늘의 경계도 마찬가지다. 과거는 이미 흘러가버린 불필요한 조각 따위가 아니다. 오늘을 살아내는 우리가 앞으로 나아가기 위해서, 떠안고 책임져야 할 요소다. 시간이 면죄부가 될 수는 없다. 가끔 이를 인지하지 못하면 벌어지는 일이 있다. 과거의 사건을 '어쩔 수 없는 것', '이미 지난 일' 정도로 치부해, 현재로 끌어들이진 말자는 어불성설의 태도. 아직도 진상을 규명하지 못한 세월호 참사, 공식적 인정과 사과도 없이 그저 모르쇠로 일관하는 일본군 '위안부' 문제가 그렇다. '지겹다'고 툴툴대지 마라. 당신네 현재를 앗아가자는 게 아니다. 오히려 현재를 똑바로 살아가기 위해 필요한 방법을 알려주고, 제대로 된 기회를 주려는 절차고 요량이다. 자신이 저지른 과오를 직시하고, 책임지고, 반성하고, 변화된 모습을 보여라. 쉬이 잘라낼 수 있는 과거는 없다.

마땅히 해야 할 이야기가 있다. 그럼에도 입 밖에 내놓기가 쉽지 않은 이야기. 이는 강자에 의해 쓰여진 역사가 무수히 반복되는 동안, 소외받고 핍박받던 약자의 목소리이기도 하다. 이를 외면하지 않겠다. 올해에도 지면을 할애해 여전히 부조리한 세상과 불평등에 대해서 이야기하고, 비정상적인 일을 상식적으로 다룰 생각이다. 세상을 뜯어고치려는 거창한 포부가 아니다. 이 시대를 살아가는 사회 구성원으로서 적어도 부끄럽지 않기 위해서다. 새롭게 만나는 2018년 무술년에 당당하고 떳떳하고 싶어서다.

우동과 생맥주

여행은 업무가 아니다. 철두철미하게 계획을 세워 목표한 바를 달성할 필요도 없고, 타인의 마음을 헤아리고 배려하기 위해 에너지를 소비할 필요도 없다. 대부분의 사람은 여행으로 '재충전'을 꿈꾸지만, 이 중 일부는 일상보다 더 큰 피로감을 껴안고 돌아온다. 모순적이다. 계획을 세우느라 쏟은 에너지, 준비를 하면서 커진 기대와 거기서 오는 실망, 그리고 자신의 뜻과 상관없이 동행인의 굴곡진 감정 기복에 휩쓸리는 탓이다. 굳이 그럴 필요가 있을까.

크리스마스이브 전날이 마감이다. 업무에 허덕이다 보니 크리스마스가 눈앞에 닥친 것을 깨닫지 못했다. 내가 바라는 크리스마스는 둘 중 하나. 1) 집 밖으로 절대 나가지 않든가, 2) 조용한 곳으로 혼자 떠나든가. 이번엔 후자다. 인터넷을 통해 비행기표를 뒤적였다. 크리스마스라는 걸 감안해 그다지 비싸지 않은 가격으로 일본에 가는 티켓이 남아 있다. '다카마쓰高松'라는 곳. 일본을 수십 번 가봤지만, 처음 듣는 지명이다. 그래서 결정하기 쉬웠다. '크리스마스를 여기서 보내자.' 하루 딱 한 번쯤 배정된 이 작은 비행기로는 그곳을 흐트러뜨릴 정도의 인파를 실어 나르진 못하리라는 확신이 들었다.

대규모 연착으로 인천공항은 소란스러웠다. 안개로 인한 저시정 발령으로 하루 전부터 뜨지 못하고 밀린 비행기와 승객으로 혼란이 일었다. 건너편에 앉은 커플의 표정이 어둡다. 대화로 짐작건대 오늘 꼭 가야 하는 곳이 있는데, 연착 때문에 일정과 동선이 꼬이고 만 것. 짐을 풀고 숙소에서 책이나 읽을 요량이던 난, 가져온

책을 읽을 장소가 바뀌었을 뿐이었다.

숙소는 생각보다 좋았다. 원했던 고층, 바다와 도시가 반반 보이는 전망 모두 훌륭했다. 비가 내렸지만, 마땅히 어디로 움직일 생각이 없기에 상관없다. 동네에 라멘집보다 우동집이 많아 의아했는데, 가가와현이 우동으로 유명한 지역이라 '우동현'으로도 부른다는 사실을 뒤늦게 알고서야 고개를 끄덕였다.

우동에 생맥주도 딱히 나쁘지 않다.

느릿하고 계획 없이

이브에 생맥주를 들이켜고, 깊은 잠을 잤다. 당연히 늦잠. 크리스
마스라는 걸 눈치채지 못할 만큼 조용한 거리다. 공원과 바다를
고민하다 바다로 향했다. 항구가 있고 다양한 이름의 섬으로 들어
가는 배편들. 큼직한 페리를 피해, 조그마한 고속선에 몸을 실었
다. 밖을 내다볼 수 없을 만큼 배가 위아래로 솟구치는가 싶더니,
30분 만에 '데시마'라는 섬에 도착했다. 2017년 크리스마스를 보
낼 장소. 살짝 춥고, 생각보다 더 휑한 것을 빼면 만족스럽다. 난
생처음 타보는 전기 자전거는 앞으로 천천히 나아가며 바다와 숲,
새와 고양이를 보여주었다.

예고 없이 '데시마 미술관'을 만났다. 땅속에 숨겨진 듯한 곡선 형
태의 기이한 건물에서는 커다란 상층 구멍을 통해 하늘과 나무가
보였다. 그곳을 통해 햇살과 바람 소리가 들어왔다. 미술관 바닥
에는 다양한 물방울이 솟아나고, 곧 움직이고, 합쳐지고, 다시 바
닥으로 사라졌다. 물방울을 따라 빠르고 늦게 걷거나, 앉고 눕거
나, 그렇게 그곳에 스며들었다.

섬 끝자락에는 덩그러니 '심장 소리 아카이브'가 버티고 있었다.
전 세계 4만 명의 심장 소리를 보관하고 있는 공간. 타인의 심장
소리를 듣거나, 자신의 심장 소리를 녹음할 수 있다. 이날 섬에서
처음 만나 동행한 아이는 "심장 소리를 녹음해 사랑하는 이에게
들려주는 것은 굉장히 로맨틱한 일"이라고 힘주어 말했다. 누군
가의 심장 소리를 가까이서 들어본 게 언제였는지 떠올리며 난 그
곳에서 결국 내 심장 소리를 녹음했다. 비록 CD는 내 방 서랍 구

석 어딘가에서 자신의 존재조차 잊고 언젠가 기억에서 지워질지 모르지만, 아무 계획 없이 혼자 떠나온 여행치고 나름 풍족했던 크리스마스다.

모르는 것을 모른다고 말하는 것

인간은 많은 것을 배운다. 집에서, 학교에서, 직장에서, 그리고 삶 곳곳에서. 배움은 계속된다. 사회 구성원으로 살아가기 위해 반드시 필요한 것부터, 몰라도 상관없으나 알고 나면 삶이 조금 더 윤택해지는 (기분을 느끼는) 것들을 알기 위해서 부단히 애를 쓴다. 그렇게 일정량의 내용물이 축적되면 언젠가부터 이를 끄집어내 나열하고 뽐낸다. 쌓이는 과정에서 잘못된 내용이 뒤섞여도 크게 상관없다. '내가 아는데~'로 시작하는 정형화된 틀의 행위는 지식 사회 피라미드 꼭대기 층에서 하층민을 내려다보는 시선과 우월감이 뒤엉켜 진행된다. '모르면 내가 당하는 세상'이라는 강박관념에 시달리기라도 하듯, 자신의 업무 분야에서 이 같은 경쟁은 더욱 치열하다. 무지에 대한 부끄러움은 있지만, 잘못 알고 있는 것에 대한 부끄러움은 없다. 자신이 맞다고 생각하는 신념을 구부리거나 바꿀 의향은, 아무래도 없어 보인다. 이 같은 행태는 나이를 먹을수록 견고해지기도 한다. 급기야 '자신만의 성'을 구축, 그 누구도 성안으로 쉬이 들여보내지 않는 지경에 이른다. 남의 말에 귀 기울이지 않으니, 사고의 유연성은 찾아볼 수 없는 게 당연하다. 자신이 알고 있는 세상이 곧 진리다.

나는 꽤 허술한 인간이다. 모르는 것 투성이라 자주 묻고 조언을 구한다. 그럴 때면 주변에서 "진짜 몰라도 그러면 안 된다"는 조언을 얹는다. 자칫 얕잡힐 수 있다는 우려에서다. 편집장이 된 뒤로 부쩍 그런 일이 잦다. 마음이야 고맙지만, 난 괜찮다. 혹시라도 그렇게 하는 사람이면, 이후의 관계를 더 이어나가지 않으면 된다. 모든 것을 다 알 수는 없다. 그러니 모르는 것은 모른다고 말해야 한다. 모르는 게 있으면 배우면 된다. 적잖은 시간이 소요될 수도 있겠지만, 시간을 할애해 정확한 내용을 습득하는 것은 분명 도움이 될 것이다. 잘못된 방향으로 걷다 보면, 언젠가 되돌아올 수 없는 상황에 이를 수 있다. 철저하게 남성 위주로 설계된 가부장제 사회에서 수십 년을 안락하게 살았던 이가 페미니즘을 껄끄럽게 바라보거나, 편협한 성의 구획 안에서 기존에 알던 것과 다른 성향을 가진 이들의 존재를 철저히 부정하고 과격한 공격성을 보이는 것도 비슷한 맥락이다. 옹호를 하든 비난을 하든, 우선 해당 내용에 대해 제대로 알고자 노력하길 권한다. 판단은 이후에 해도 늦지 않다.

아주 당연하다고 여겼던 게 실은 정답이 아닐 수 있다.

죄책감은 없었다

'즐겁고 유쾌하게 살았다.' 이렇게 믿(고 싶)던 내 과거는, 불편한 것을 외면했기에 가능했던 결과였다. 이곳에서의 삶은, 이러한 것을 깨닫는 순간의 연속이다.

지난 2009년 1월, 용산의 하늘이 새까맣게 뒤덮인 날, 애써 그것을 못 본 척했다. 2014년 4월, 수많은 생명이 차가운 바다에 가라앉았을 때도 별반 다르지 않았다. 홈리스, 성소수자 등의 소수자 및 소외계층, 혹은 페미니즘을 향한 시선도 마찬가지다. 부조리에 침묵했고, 죄책감은 없었다. '다들 그러니깐' '먹고 사는 게 우선이니깐'. 궁색한 변명은 부끄러움을 가렸고, 스스로를 위안했다. 기자라는 타이틀을 쥐고 "좋은 게 좋은 것"이라는 말로써 얼마나 비상실적인 일을 당연한 일로 둔갑시켰냐를 떠올린다. 타인의 불행을 집어삼킨 편협한 행복이다.

그때로 돌아가지 못할 만큼 이미 충분한 걸음을 옮긴 것을 직감하니, 비로소 편안해졌다.

행복한 마감의 늪

연락을 받았던 타이밍의 문제였는지 기억을 조심스럽게 더듬었다. 정확히 4일 전 신간이 나왔다. 그리고 지금 또 이렇게 원고를 마감하고 있다. '아, 어쩌면 이상해 보일 수도 있겠구나.' 격주간지라는 것이 보름 동안 오롯이 취재하고 글만 쓰는 데 할애되는 것이라 생각하면, 그것은 꽤나 오산이다. 원고 마감을 하면 교정·교열을 거치고, 거기에 다시 디자인을 얹는 작업을 한다. 이후 인쇄소로 넘어간 파일이 제본되어 나오는 과정을 거치면 비로소 새로운 잡지가 세상의 빛을 본다. 그러면 곧바로 다음 호 마감을 준비할 시간이 성큼 눈앞에 다가와 있는 것이 현실. 편집국을 반으로 쪼개 두 개 팀 체제로 운영할 인력의 여유는 없다. 신간이 발행되면 판매가 일시적으로 상승한다는 사실을 잘 알기에 판매원분들을 위해서라도 월간지로 물러설 수는 없는 노릇이다.

맞다, 변명이다. 그렇다고 이게 잡지의 퀄리티가 낮아져도 된다거나, 핫한 섭외를 제대로 하지 못한 일에 대한 면죄부가 될 수는 없다. 월간지든, 계간지든, 패션지든, 대중문화지든, 낚시 잡지든, 아무튼 구독자의 교집합을 조금이라도 갖는 수많은 읽을거리와 경쟁을 해야 한다. 돋보여야 하고, 살아남아야 한다. 내 경우는 잡지가 잘 팔리든 못 팔리든 정해진 월급을 받는다. 판매원의 상황은 다르다. 해당 호의 판매 수익에 따라 삶이 요동치기도 한다. 판매에 전혀 도움이 될 것 같지 않은 커버, 논란이 있거나 비호감인 스타 또는 셀럽, 방향성이 맞지 않거나 완성도가 떨어지는 콘텐즈를 정중하게 거절하는 일이 꼭 필요한 것은 이런 연유다. 더욱이 이번은 '설날 연휴'를 앞둔 신간이었다. 대부분 사람들이 고향을 찾아 가족과 함께 모여 따뜻하게 지내는 그 시간이, 텅 빈 서울과 부산의 지하철역 앞에서 잡지를 들고 판매하는 이들에겐 유독 더 추운 날이 될지도 모른다. 그러니 우리는 '벌써 또 마감'이라는 기시감을 느낄 겨를 없이 잡지를 평소보다 더 잘 만들어야 했다.

말랑말랑한 글을 쓰기는 글렀다

단단히 뒤틀렸던 세상이, 제자리를 찾으려고 꿈틀댄다. 하루가
멀다 않고 문화예술계의 폭로가 잇따르고 있다. 무소불위의 권력
을 휘두르며 왕이나 신처럼 군림하던 권력자가 철퇴를 맞고 차례
로 나뒹굴고 있(는 척한)다. 수직 구조의 최상층에서 대중을 속이
고 기만하던 이들의 가면이 하나둘 벗겨지고 추악한 실체가 드러
났다. 어떻게든 내부적으로 유야무야 덮고 넘어가려는 시도가 어
김없이 엿보였지만, 다행히 실패다. 업계 관계자들은 "터질 게 터
졌다", "다 알았던 일이다"라고 대수롭지 않은 듯 입을 모은다.
아니, 그렇게 쉽게 발을 빼서는 안 된다. 떳떳할 수 있는 사람은
아무도 없다. 갖은 핑계를 대며 스스로 설득했고, 비겁하게 숨어
방관했다. 권력에 반기를 들 용기도 없었고, 도리어 권력 구조를
공고하게 하는 구조물의 톱니바퀴 일부를 자처하기도 했다. "이
런 게 다 사회생활이야." 부끄러운 일면은 '사회생활'이라는 말
로 희석됐고, 동조하는 다수의 주변인으로 위안을 삼았다. 죄책
감은 그렇게 무뎌졌다.

바다 건너 미국에서 시작된 '미투$^{Me Too}$'는 대한민국의 법조계, 문
화예술계를 지나 각계각층으로 뻗어나가는 중이다. 언제 자신의
이름이 호명될지 몰라 안절부절못하는 이들이 아직 도처에 널려
있다. 서둘러 집안 단속에 나서거나, 대응 매뉴얼을 준비하는 이
가 있을지도 모르겠다. 확실한 건 이제부터 비로소 시작이라는
사실이다. 자신에게 돌아올 피해까지 감수하고 용기 내어 전면에
나선 피해자를 보호해야 한다. 나도 모르게 2차 가해에 동참하고
있는 건 아닌지 명민하게 돌아봐야 할 때다. 나아가 가해자가 저

지른 일에 합당한 죗값을 치르는 것을 마지막까지 두 눈 부릅뜨고 감시하는 것을 잊어서도 안 된다.

2018년 3월 1일은 3.1 만세 운동 99주년이 되는 날이다. 해당 특집을 준비하던 중 우연히 '대한독립여자선언서'의 존재를 알게 됐고, 식민지 해방과 더불어 여성해방을 외치던 근대 페미니스트의 목소리에 귀를 기울였다. 약 100년이 지난 지금까지 여성의 인권 문제가 크게 변화하지 못하고 있는 것과, 현 '미투 운동'의 촉발은 어쩌면 맞닿아 있다. 여성을 동등한 인격으로 존중하지 않는, 남성 중심의 가부장제 권력 구조의 추악한 폐단이다. 그것에 오래 침식되어 문제를 문제로 인식하지도 못하고 그저 억울함을 호소하기 바쁘다. 확실히 이 사회는 뒤틀렸다.

말랑말랑한 글을 쓰고 싶었는데, 아무래도 글렀다.

작작 내려놓으세요

"모든 걸 내려놓겠다." 어디선가 몰래 단체로 수업이라도 듣는 것일까. 최근 불거진 '미투 운동' 가해자로 지목된 이들이 엇비슷한 입장을 내놓았다. 언뜻 아주 굉장한 결심을 한 것 같아 보이지만, 실상은 조금 긴 자숙쯤으로 느껴질 뿐이다. 권력을 손에 쥐고 흔들며 자신의 성(性)적 욕망만 채운 게 아니라, 여느 직장인은 평생 일해도 만지지 못할 만큼 돈을 벌어놓은 이가 대다수다. 현업을 내려놓고 정작 돈줄은 남겨놓기도 했다. 가벼운 눈속임이다. 앞으로는 사과, 뒤로는 회유와 협박 및 소송도 불사하는 모습은 한 움큼 남아 있던 마음도 탈탈 털어내게 만든다. 참으로 끔찍하다. 피해자가 연이어 등장하는데, 모르쇠로 일관하는 뻔뻔함은 소름마저 돋는다. 뭔지도 모를 것을 자꾸 내려놓지 말고, 진심으로 피해자에게 사과하고 죗값을 치르는 게 우선이다. 그것이 응당 범죄자가 취할 '바람직한' 자세다. 엄정한 수사, 확실한 법적 처벌이 필요하다.

다수가 묵인하던 민낯의 현실이 비로소 세상 밖으로 나왔다. 피해자가 어렵게 낸 용기고, 목소리다. "국민들이 나를 조금이라도 지켜줬으면 한다", "말할 수 있는 수준이어서 이야기 한다"는 그들의 발언은 그래서 더 안타깝다. 모든 폭로가 진실을 향하지 않을 수도 있다. 하지만 일부를 부각시켜 '미투 운동'의 변질을 운운하거나 의미를 폄훼해서는 안 될 노릇이다. 피해자 보호 및 가해자 처벌, 그리고 사회에 만연하게 뿌리내린 그릇된 사고와 악질적 관행을 함께 뿌리 뽑아야 한다. 이는 남성 혐오나 남녀 갈등 조장이 아니다. 그러니 진영 논리에 가둬 왜곡하려는 정치권에

휘둘릴 필요가 없다. 적폐를 뜯어고치고 옳게 바로잡는 일이다.

우리가 만드는 것은 라이프스타일 매거진이다. 삶^{Life}이 언제나 유쾌한 일로 가득하면 좋겠지만, 작금의 우리네 현실은 그렇지 못하다. 그렇기에 '미투 운동'과 같은 사회 이슈를 지면에 담아내는 것도 마땅히 우리가 할 몫이다. 외면과 방관은 어떤 문제도 해결할 수 없다. 눈앞에 벌어진 상황을 직시하고, 해결을 위해 어떤 식으로든 힘을 보탤 것이다.

나 혼자 산다

혼자의 삶은 탁월하다. 타인과의 관계로 인해 스트레스가 쉬이 불거지는 현대사회라면 더더욱 그러하다. 완벽히 혼자가 되는 시간의 소중함은 겪어본 사람만이 안다. 다만, 대부분 세상 이치가 그러하듯 '혼삶' 역시 안정 궤도에 오르기까지 충분한 경험치가 필요하다. 몸이 아픈 경우를 예로 들어보자. 독립 초년생의 경우 '혼자 있을 때 아픈 것만큼 서러운 게 없다'는 생각과 함께 의지와 무관하게 눈물이 쏟아질 때가 있다. 지인이 죽이라도 사 들고 간병을 오면 그 설움은 극대화된다. 이 경우 실제 느끼는 아픔보다 상대적 통증이 커지는 이상 현상이 발생키도 한다. 이는 생존과 직결된 중요 문제에 직면한 상황임에도 불구하고, 이성이 아닌 감정에 휩쓸린 안타까운 경우다.

하지만 독립 시점이 10년을 훌쩍 넘겼다면 이야기가 달라질 수 있다. '혼삶' 경력 17년 차인 나는 지난주 집에서 나뒹구는 아찔한 사고를 당했다. 하필 넘어진 곳에 날카로운 물건이 자리해 가볍지 않은 절상切傷을 입었고, 여기저기 피가 흥건했다. 그럼에도 아파하거나 마냥 넋을 놓고 있지는 않았다. 주말이니 병원 업무 시간이 아니라는 것을 파악, 가까운 대학병원 응급실을 확인하고 곧바로 모바일 어플을 이용해 택시를 호출했다. 기다리는 동안 주변을 닦아 피 얼룩이 굳는 걸 방지하는 것도 잊지 않았다. 혹시라도 동거인이 있었더라면 아픔을 호소하며 모든 응급조치를 떠넘겼을지 모르지만, 완전히 혼자라는 것을 인지하고 있는 탓에 감정이 아닌 이성을 앞세워 현실적인 해답을 곧장 고른 것이다. 택시를 타고 가는 동안 문득 '혼자라서 이렇게 잘 해냈다'는 생각이 들고, 그런 내가 대견스럽기까지 했다.

타인의 시선을 의식하는 순간 감정이 이성을 덮는다. 타인의 존재가 기대감을 생성하고, 결과적으로 이 같은 기대감은 합리적 판단을 저해하는 요인이 된다. 타인의 시선을 붙들고 싶은 욕구가 실제 본인이 처한 상황을 과장한 것임에도, 뇌는 또 이걸 실제 수치로 착각하게 한다. 아기의 경우에도 누군가의 관심을 끌기 위해 종종 울음을 내뱉는데, 간혹 아무도 관심을 주지 않는다는 것을 알면 오히려 자발적으로 울음을 그치기도 한다. 결국, 제대로 된 독립을 하지 못해 혼자의 삶을 영위하지 못하고 타인에 의존한 채 살아간다는 것은 어쩌면 영·유아기를 제대로 벗어나지 못한 것일 수 있다. 맞다. 어쩌면 눈치챘겠지만 이것은 혼자 사는 독거인의 아주 장황한 자기변명이었다.

꿰맨 발가락이 유난히 더 욱신거린다.

여전히 헤맨다

인생 상담이란 건, 도무지 어렵다. 딱히 누군가보다 더 나은 삶을 살고 있다고 생각해본 적도 없을뿐더러, 더 나은 삶을 살려고 필사적으로 아등바등하지도 않는 주제에 누가 누구에게 훈수를 둘 수 있단 말인가. 가끔씩 조언을 구하러 오는 후배들이 있다. 평소 살갑게 대해주지도 않는 날 찾아온 걸 보면 어지간히 막막했구나 싶어 몇 마디 건네려다 결국 술을 따르는 것으로 대신한다. 어차피 정답도 없는 인생이다. 작년 이맘때 "행복이 우선"이라며 멀쩡히 다니던 회사를 때려치우고 이곳저곳 바람을 쐬러 다니며 "남은 인생 슬렁슬렁 살자"를 다짐했던 터다. 어쩌다 인연이 닿아 있던 이곳에 흘러왔고, 도돌이표 같은 잡지 마감의 늪에서 부지런히 헤엄치고 있다는 사실을 겨우 최근에 자각했다. 세상일 참 알다가도 모를 일이 맞다. 끙끙 앓던 오랜 고민을 내팽개치고, 무작정 몸을 맡기니 또 어떻게 여기까지 왔다. 딱 1년 전, 도무지 짐작조차 하지 못했을 인생이다.

우리는 다들 헤매는 중이다. 이것은 나이를 먹는다고 저절로 해결되는 문제가 아니다. 그러니 무작정 불안해하거나 초조해할 필요는 없다. 그렇게 헤매면서 어디론가 조금씩 나아가는 중이라 생각하면 차라리 편하다. 신념은 고집이 되기도 하고, 열정은 탐욕을 낳기도 한다. 존경받던 인생이 한순간에 치욕스러운 나락으로 곤두박질치는 경우를 어렵지 않게 목도하는 요즘이다. 타인과의 비교와 경쟁에 떠밀려 소중한 삶을 제물로 바치지 말고, 자신의 헤맴을 존중하고, 한 번쯤 느긋하게 체감해보자. 어차피 뭐 하나 계획대로 흘러주지 않는다.

우리는 여전히 헤맨다. 이번 생은 처음이라 어쩌면 마지막 순간까지 헤맬지도 모른다는 걱정에 휩싸이다가도, 이렇듯 누군가의 삶에 어떤 식으로든 선한 영향력을 끼치고 미약하게나마 보탬이 될 수 있다면 그 자체로 이미 충분히 행복한 삶 아닐까 되뇐다. 그걸로 됐다.

1호 독자를 겸하고 있습니다

읽는다. 몰입한다. 웃는다. 고개를 끄덕이다가, 눈가에 눈물이 맺힌다. 읽는 것을 멈추고 마음에 드는 문장을 곱씹는다. 문자를 보내기도 한다. '이번 글 정말로 좋네요.' 잡지의 맨 앞에 붙는 에디토리얼을 쓰는 것은 모든 원고가 도착하고 그것을 다 읽은 다음이다. 누가 정해준 룰은 아닌데, 편집장이 된 이후 스무 번째 책을 내는 현재까지 그것을 나름 지키고 있다. 편집장은, 잡지를 발행하기 전 모든 것을 가장 먼저 볼 수 있는 첫 번째 독자의 몫을 소화하는 셈이다.

눈앞에 다가온 4월 16일이라는 날짜는 우리가 그토록 '잊지 말자'고 되뇌이던 날이다. 무책임하고 무능력한 인간들이 죗값을 치르는 것을 지켜보는 요즘이지만, 그럴수록 그날의 참사가 명백한 인재人災였다는 사실이 명확해져서 괴로움은 가중된다. 김지영 감독의 <그날, 바다>, 오멸 감독의 <눈꺼풀>, 아픔을 노래한 여러 뮤지션의 노래, 세월호피해자지원법에 대한 글을 곱씹는다. 이번 호는 평소보다 조금 더 무거울지 모르겠다.

거기, 후지산이 있었다_1

'후지산에 가봐야지.' 언제나처럼 우발적으로 결정한 일이었지만, 자신감이 붙고 나니 모든 게 별로 대수롭지 않았다. "난토카 나루요(なんとかなるよ: 어떻게든 될 거야)." 행운을 담은 주문처럼 중얼댄다.

여행의 형태는 다양하다. 내가 가장 선호하는 것은 '1인 여행'인데, 그중 '무계획 여행' 옵션이 붙는 것을 으뜸으로 여긴다. 그러니 구체적인 뭔가를 하겠다고 여행지를 찾는 건 지극히 드문 경우라 하겠다. 허나 인간은 진화하는 동물이요, 적응의 생물이 아니던가. 모처럼의 결심을 현실적으로 만들고자 마련한 나름의 비책은, (뜸들이며) 투어! 생판 모르는 남들과 뒤엉켜 하나의 목적의식을 품은 채 동일한 버스를 탑승해 신나게 후지산을 오르는 일 말이다. 그러는 과정에서 어쩌면 전우애 비슷한 감정을 나누게 될지도 모른다. 자기 합리화가 자신의 몫을 해내는 중이다. 차량을 렌트해 거기까지 직접 운전하는 것도 영 귀찮거니와 뭔가 더 귀찮은 일이 잔뜩 생길 것 같은 불안함을 대차게 날려버리려 스스로를 향한 동의, 강제적 합의. 육참골단肉斬骨斷, 내 살을 내주고 상대방의 뼈를 끊는다! 모처럼 여행에 앞서 의욕이 활활 불타올랐다.

투어 모임 장소에 갔는데 뭔가 이상하다. 동양인이 보이질 않는다. '응?' 그 현장은 열아홉 번째 일본 방문을 온전히 무無로 되돌리는 진귀한 광경이었다. "YOU! 휴운민 파크(박현민)?" 투어는 몽땅 영어로 진행됐고, 동양인은 나 혼자였다. 인간의 두뇌는 위기에 직면하면 그 능력을 비로소 발휘하게 장치되어 있다고 한다. 중학교 영어 교과서에서 봤던 "나이스 투 미 튜. I'm 코리안. 웨얼 아 유 From?'을 구간 반복하며 시뮬레이션에 돌입했다. "글쎄, 새 외국인 친구가 생겼지 뭐야~"라는 이야기를 여행 후기로 남길 생각을 하니 자못 들뜨기까지 했다. '내 옆 좌석은 누굴까?' 기대하던 찰나, 금발의 중장년 남성이 앉는다. 통로 건너 자신의 일행과 대화를 나누는데, 유럽의 몇몇 예술영화에서 들어봤음직한 언어다. 루마니아인이라 했다. "나이스 투…"는 자신의 목구멍 퇴로를 확보했고, 이어 머릿속으로 거슬러 올라가 쏜살같이 용해됐다. '괜찮아. 인생은 언제나 혼자였어.'

거기, 후지산이 있었다_2

후지산 등산로 개방은 고작 7~8월뿐이다. 그러니깐 정확히 이번 여행은 자동차로 오를 수 있는 최고 높이 고^{5}고메(고메는 후지산의 높이를 10으로 나눈 단위. 후지산이 3776m이니, 고고메는 1888m다) 까지 올라 좀 더 가까이서 후지산을 본다는 표현이 정확할지 모르겠다. 날씨가 쾌청한 날은 도쿄 시내에서도 보이는 후지산을, 굳이 어깨 정도의 높이까지 올라와 유심히 살피는 격이다. 그럴 가치가 있냐고? 왠지 있을 것만 같았다. 산에 점차 다가설수록 후지산이 건네는 어떤 에너지 같은 것이 시신경을 타고 뇌에 꽂히는 느낌을 받았으니깐. '그래, 좀 더 올라가보자.'

내려주면 제한 시간 동안 온 신경을 집중해 후지산을 눈에 담고, 태우면 다시 유리 너머로 후지산을 흠모하는 처지가 되는 상황의 반복이다. 우리는 그렇게 버스 기사와 가이드에 길들여지고 있었다. 길들임은 가와구치호에서의 정차 때 절정으로 치달았다. 벚꽃과 호수와 후지산을 하나의 시야에 넣을 수 있다니. 제대로 된 벚꽃 시즌에 왔으면 좋았을 것이라는 생각이 스치나 싶었지만, 여행 경비가 분명 지금보다 갑절은 더 비쌌을 것이라는 생각에 도달하자 뇌는 멋쩍은 듯 휴식을 취했다. '살짝 시들어가는 벚꽃도 나름의 묘한 매력이 있는 법이니깐!' 자기 합리화가 조만간 만렙을 찍을 기세다.

영화 <곤지암>을 보았다면 퍼뜩 떠오를 아오키가하라靑木ヶ原도 예고 없이 마주했다. '주카이樹海 숲'으로도 부르는 CNN 선정 세계 7대 소름 돋는 장소인 바로 그 자살 숲. 창 너머로 을씨년스러

운 분위기가 스며 들어왔고, 울창한 나무 틈에서 누군가의 시선과 교차했다는 느낌을 받았지만 애써 외면했다. 두려워할 필요가 없다. 이곳은 전우애로 맺어진 투어버스다. 든든함이 이루 말할 수 없이 충만했다. 다행히 그곳에서의 공포 체험을 위한 버스 정차는 없었다. 오, 할렐루야!

거기, 후지산이 있었다_3

고고메에 도착하자 큰직한 기념품 숍들이 우리를 진심으로 반갑게 맞이했다. 그곳에는 후지산과 관련한 거의 모든 것을 팔고 있었고, 언제 또 여기를 다시 와보겠느냐는 심정에 내몰린 여행객들은 그야말로 맹렬한 기세로 기념품을 구매했다(도쿄 시내로 돌아가니 동일한 상품을 팔고 있었다. 심지어 더 싼 곳을 발견했을 때는 만감이 교차했다). 어깨에서 본 후지산은, 산 무릎쯤에서 봤을 때보다 이상하게도 감흥이 덜했다.

너무 가깝게 와버렸다. 때로는 적정 거리를 유지한 채 보는 게 가깝게 보는 것보다 나을 때도 있다. 후지산도 어쩌면 그런 경우 아닐까. 하나의 목적을 위해 버스를 함께 타긴 했지만 그 이상 다가서지 않는 투어의 일행과도 닮았다. 그것은 외롭지 않을 만큼의 거리만 유지한 채 각자의 위치에서 홀로 고군분투하며 살아내고 있는 현대인의 삶과도 맞닿아 있다.

일본 속담에 '한 번도 후지산을 오르지 않은 사람은 바보, 두 번 오른 사람 또한 바보'라는 게 있다. 후지산에 대한 일본인의 애정과 더불어, 실상 두 번이나 올라갈 만큼 매력적인 건 아니라는 쿨내 풍기는 표현이다. (버스 투어도 일단 산에 오른 것으로 쳐준다면) 여기 다시 오면 난 바보다. 그러니 바보가 되고 싶은 순간이 닥치면, 언제든 후지산을 찾아올 생각이다. 현실에 치이고 생각이 복잡해질 때, 여기 후지산을 다시 찾아와 바보가 되어야지.

'한국에 돌아가면 영어 공부를 해야겠다'는 다짐이 내 머릿속을 신칸센처럼 초고속으로 달리더니 정차하지 않고 그대로 지나쳤다. 날씨 참 좋다.

예민하고 불편하게 산다

고민 없이 그저 인생을 즐기며 사는 것은 많은 이의 공통된 바람이다. 복잡하고 각박한 사회를 벗어나 여유를 찾아 행복하게 사는 것, 아마도 이것은 현재를 살아가는 모두의 주요한 관심사가 아닐까. 현실에 얽매임 없이 과한 욕심을 내려놓으면 이런 삶에 가까워질 수 있다는 조언은 여기저기 차고 넘친다. 그런데 최근 내 삶을 복기하면 이 같은 시대의 흐름을 역행하는 게 아닌가 하는 의구심이 든다. "많이 예민하네~" "왜 그렇게 살아? 좀 편하게 살아" 라는 이야기를 듣는 경우가 잦다.

중요도의 문제다. 고민을 덜어낸 채 허술하게 처리해도 되는 일은 그래도 된다. 가령 음악 사이트 아이디나 비번을 깜빡했다든가, 여행 갈 때 더 저렴한 비행기 티켓을 구하는 재능이 없다든가, 아무리 노력해도 커피 맛을 구분하는 데 젬병인 것은 아무 문제가 되지 않는다. 이런 일로 괜한 스트레스를 유발할 필요는 전혀 없다. 다만, 그것이 업무라면 이야기가 달라진다. 예민하고 불편하게 굴면서 고민을 거듭해 맡은 바를 제대로, 잘 소화해야 한다. 재능이 없으면 노력으로 빈틈을 메워서라도 허투루 넘기는 일이 없어야 한다. 회사는 학교가 아니다. 배우는 장소가 아니라, 자신의 몫을 온전히 해내야 하는 곳이다.

잡지에는 편집국의 2주일이 고스란히 배어 있다. 누구를 만났고, 어디를 갔고, 무엇을 고민했는지가 매 페이지 착실하게 눌러 담겨져 있다. 짐짓 한눈을 팔거나, 소홀히 할 수 없는 이유다. 흥미롭게 읽히는 콘텐츠, 사회적 약자와 소수자를 불편하게 만들지

않는 잡지를 만들기 위해 앞으로도 우리는 기꺼이 예민하고 불편
하게 살 계획이다.

변하지 않는 것은 없다

모든 것은 변한다. 속도가 더디거나 예측 가능한 범주였을 때 그 변화를 제대로 인지하지 못하는 경우가 존재할 뿐, 변하지 않는 건 아무것도 없다. 크고 작은 변화가 잇따르고 있는 요즘이다. 국민의 눈과 귀를 막고 자신의 사리사욕을 채우던 이들이 뒤늦게 죗값을 치르는 과정을 실시간으로 지켜본다. 이해할 수 없어 분노했던 몇 가지 일들에 대한 물꼬가 덕분에 차츰 트인다. 한반도의 완전한 평화에 대한 속단은 아직 한참 이르지만, 어쨌든 남북의 정상이 판문점에서 만나 웃으며 악수를 나누고 종전을 약속하는 놀라운 장면을 목도하기도 했다. 그 와중에 여전히 잘못된 신념, 혹은 물욕에 잠식된 채 변화를 거부하며 요지부동인 이들도 있다. 꼿꼿한 자세로 깁스를 한 기득권자들. 정계뿐 아니라, 재계에서도 이런 이를 찾는 것은 어렵지 않다. 모 그룹 재벌 총수와 오너 일가의 그릇된 행동이 큰 사회문제로까지 불거졌다. 그들의 문제를 나서서 비판하는 용단을 내린 직원이 늘어난 상황은, 분명 건강한 변화다. 물론 대중이 그들의 후원자고 조력자다.

'변하지 않는 것은 없다'라는 글을 1년 전 <빅이슈>에 실은 적이 있다. 강남역 살인 사건 1주기 추모와 관련한 글이었다. 곪아버린 사회가 만들어낸 참극. 여성 혐오가 단순한 담론이 아닌 생존에 대한 문제가 된 사건이었다. 그날을 계기로 많은 이들이 바뀌었다. 다양한 연대가 만들어낸 목소리는 뒤틀린 세상을 변화시키려 애썼다. 여성들의 힘이다. 남성으로서 역할에 대해 고민한 적이 있다. 당시 지인으로부터 받아든 답변. "남성이라는 사실만으로 누렸던 모든 것을 인정하기, 그리고 그것을 모두 내주기." 이 말을 자주 되새긴다.

한 발짝 더 나간다

어쩌다 편집장이 됐다. 그리고 딱 1년이 흘렀다. '벌써 1년'인지, '이제 1년'인지는 딱히 중요치 않다. 많은 것이 그대로다. 여전히 내 삶은 워크홀릭이고, 거의 매일 술을 마시고, 화내는 일이 잦다. 많은 것은 바뀌었다. 파묻혀 있는 일은 누군가에게 따뜻한 결과물로 이어지고, 취재나 영업을 위한 떠밀린 술자리보다 그저 즐거움을 위한 자발적 음주가 늘었다. 또한 무기력하고 무의미한 분노가 아닌 부조리와 권력의 부당함을 거는 유의미한 분노다. 예상과 다른 것들이 많아 짐짓 당황도 했고, 계획대로 일이 풀리지 않아 속상했던 순간도 있다. 모든 게 마음먹은 대로 될 리 없지만, 한 호 한 호가 빅판분들의 삶과 직결된다는 사실은 괜한 조급함을 부추겼다. 중요한 것은 나아가는 방향이 옳다는 것이고 변화의 의지가 충분하다는 사실이다. 우리는, 분명, 올바른 방향으로 걸어가고 있다.

아직 멀었다. 더 많은 사람이 알고, 더 많은 사람이 재능을 보태고, 더 많은 사람이 잡지를 구매하길 희망한다. 지금보다 더 많은 사람이 함께하며, 누군가의 꿈을 응원하고 그것을 조력하는 기쁨을 누리길 바란다. 강요할 생각은 없다. 그렇게 될 수 있게 가능한 한 모든 노력을 쏟아붓겠다. 읽고 싶고, 갖고 싶은, 이전보다 더 좋고 유익한 잡지를 만드는 것. '홈리스의 자립을 돕겠다'는 독자의 선행에 안일한 자세로 기대려 하지 않고, 할 수 있는 모든 노력을 다해 대체 불가한 잡지를 만들어보겠다. 서점이 아니라 거리에 멈춰서 구매하는 수고를 기꺼이 감내하고서라도 꼭 사고 싶어지는 잡지를 만들겠다. 그렇게 한 발짝 더 나가겠다.

판매가 중요하다 보니, 유혹에 빠질 때가 있다. 인기에 편승한 커버 모델 섭외에 대한 유혹이다. 그가 내뱉었던 약자나 소수자에 대한 혐오적 발언을 비롯한 부적절한 언행이 만들어낸 논란 따위는 아랑곳 않고 그저 판매만을 위한 섭외. 다행히도 아직 이런 유혹에 넘어간 적은 없다. 그들은 섭외 후보에서 제외다. 우리 독자라면 그런 이들에게 호감보다는 반감이 클 것이라 믿는다. 덕분에 우리 잡지의 커버 모델의 허용 범위는 극히 제한적이다. 판매를 이끌 수 있는 인기가 기본이요, 성품은 필수 옵션이다. 몇 안 되는 동일한 이들에게 지속적으로 섭외 콜을 보낼 수밖에 없는 이유다. 언제라도 좋으니 당사자든, 결정권자든 그 마음을 헤아리고 움직여주길. 그 결심은 분명 거대하고 따뜻한 날갯짓이 되어 모두에게 행복을 안겨줄 것이다. 그때까지는 난 거절에 조금 더 익숙해져야겠다.

우리의 길을 걷기로 했다

그런 때가 있었다. 모두에게 인정받고, 모두에게 사랑받고 싶었던 순간. 그것이 얼마나 무모하고, 현실적으로 실현 불가능한 일이라는 것을 완벽히 깨닫기까지 적잖은 희생과 시간이 필요했다. "한 사람의 적도 만들지 않으려고 애썼다. 그러다 문득 주변을 둘러보니 믿고 의지할 내 편 역시 한 명도 없더라"는 누군가의 고백은 덤덤했지만 서글프게 와닿았다.

전부를 만족시키기 위해 정작 자신을 잃어버린 게 아닐까 걱정도 됐다. 모두를 만족시킬 수는 없다. 바꿔 말하면 일부를 만족시키는 것은 가능하다. 취사선택한 일부, 그것으로 충분하다. 노력으로 짜내어 맞춘 관계는 언젠가 벽에 부딪힐 수밖에 없다. 아닌 것은 아니라 말해야 하고, 함께 갈 수 없는 이는 과감하게 놓을 줄 알아야 한다. 그래야 앞으로 더 제대로 나아갈 수 있다. 스트레스까지 받으며 끙끙대봤자, 정작 당사자는 그런 노력도 알지 못하는 게 부지기수다. 괜한 기대는 금물이다.

격주간이라는 제한된 시간 안에 잡지를 만드는 일은 어쩌면 이런 인생의 축소판이 아닐까 하는 생각을 해본다. 매호 고민할 일이 생기고, 선택의 순간을 마주한다. 든든한 기고자가 있고 안정적으로 돌아가는 연재 코너가 존재하지만, 그럼에도 에디터의 역할은 중요하다. 순간의 선택이 인생의 갈림길이 되는 것처럼, 콘텐츠의 선별은 잡지의 방향을 결정하는 몫을 한다. 때로는 그 선택에 실망하는 이도 있고, 더러 등을 돌리는 독자가 생겨날 수도 있다. 그런 순간에도 머뭇거리지 않고 명확한 방향을 향해 걷기로 결심했다. 돌아보며 주저하는 것은 기꺼이 우리의 동행을 자처한 이들을 오히려 더 힘들게 하는 일이 될 수 있다. 우리의 선택이 완벽하게 옳거나 언제나 성공적일 수는 없겠지만, 적어도 스스로 떳떳하고 부끄럽지 않은 길을 밟아나갈 생각이다.

시도가 없으면 변화도 없다

이사를 한다. 성인이 되어 독립을 하고 횟수로 여섯 번째 이동이다. 세입자로 산다는 것은 어딘가로 움직여야만 하는 삶을, 상시 혹은 불시로 떠안을 수 있다는 것을 의미한다. 거주지를 옮기는 일은 약간의 설렘을 제하면 여전히 불안함의 범주다. 미지의 영역으로의 진입. 무언가 새로운 일을 시도한다는 것도 이와 비슷하다. 예정에 없던 변화된 궤도를 그리는 것은, 모두가 꿈꾸는 안정되고 안락한 삶과 거리가 있다. 결과를 예측할 수 없다는 사실, 그 결과가 실패일 수도 있다는 생각은 짐짓 두려움을 낳기도 한다.

아무것도 하지 않으면 아무일도 일어나지 않는다. 하지만 아무것도 하지 않으면 더 나은 삶으로의 변화도 없다. 불안함에 머뭇거리다가 모처럼 마주한 기회나 시기를 놓칠 수도 있다. 시도도 하지 않고 고민하는 것보다, 일단 해보는 편이 낫다.

나는 네가 될 수 없다

진의를 숨기고 내놓은 말은 오해를 빚을 수 있고, 표현하지 않은 채 머릿 속으로 맴도는 생각은 전달되지 않는다. 그러니 막연히 알아주길 기대해서는 안 된다. 괜찮다고 하면 괜찮은 줄 알고, 고맙다고 하면 고맙다고 이해하는 게 바로 타인이라는 존재다. 타인은 완벽한 내가 될 수 없다. 동일한 말과 행동에도, 제각각의 마음이 담기는 법이다. 정확한 의사 전달을 원한다면, 부단히 애를 써야 한다. "사실은 이러했다"고 덧붙여 제대로 설명해주지 않으면, 영영 모를 수도 있다.

모든 문제는 소통의 결함에서 비롯된다. 화자의 의도가 청자의 해석과 불일치하지 일은 다분하기에, 소통의 가장 큰 목적은 이 불일치의 격차를 해소하는 데 있다. 노력도 하지 않고 '어긋남'을 방치하면, 걷잡을 수 없는 곳으로 밀려나 결국엔 돌이킬 수 없는 지점에 다다르고 만다. "이해하지 못한다"고 불평하고 포기하기 전에, 이 간극을 좁히기 위한 각자의 노력이 필요하다. 나는 네가 될 수 없다.

편집자도 완벽하게 독자가 될 수는 없다. 그러니 잡지를 만들면서 가장 뿌듯한 순간은 우리의 의도가 명확하게 전달되어 독자들의 공감대를 형성했을 때가 아닐까 싶다. 일대일 대화가 아닌 탓에 모든 이를 100% 만족시키는 것은 무리겠지만, 가능한한 더 많은 독자의 마음을 동하게 만들고 싶은 게 솔직한 바람이다. 마음이 맞물리지 않은 채로 틀어지는 것을 방지하고자, 글과 사진과 디자인을 고심한다. 물리적으로 한정된 시간 안에 쫓기고 허덕이는 꼴이지만, 그래도 "할 수 있는 만큼 했다"는 이야기를 부끄럽지 않게 내뱉을 수 있을 정도로 공을 들이려고 한다. 영국에서 홈리스의 자립을 위해 탄생한 매거진이 갖는 태생적 특수성에 단순히 기대거나 숨지 않겠다는 각오다. 우리는 계속 노력하겠다.

02.
마감 다음은 마감

오키나와 안 맑음_1

오키나와는 언제나 맑고, 푸른색 하늘을 품고 있을 것이라고 생각했다. 모든 여행 책자나 웹이나 SNS에 등장하는 오키나와의 사진이 늘 그러했던 것처럼 말이다. 그 누구도 내게 비가 억수로 쏟아지는 날의 오키나와를, 태풍이 덮친 아찔한 오키나와를 알려주지 않았다.

미세먼지로 텁텁한 국내를 벗어나, 하늘 본연의 새파란 빛깔을 감상코자 오키나와를 찾았다. 차를 렌트해 해안 도로를 달리며 에메랄드 컬러의 바다를 마음껏 감상할 요량이었다. 무심코 멈춘 곳에서 현지인들만 아는 맛집을 아주 우연히 발견해 소박한 행복에 젖어드는, 그런 단꿈을 티켓팅과 동시에 꿨다. 드라이브 내내 풍성한 음악을 고민 없이 즐기기 위해 무제한 4G 와이파이도 난생 처음 준비했다. 성수기가 시작되기 전 남들보다 먼저 뽑아낸 야심찬 휴가 카드였다. 하지만, 기대에 부푼, 완벽하다고 생각했던 여행 계획은 조금 틀어졌다.

나는, 오키나와에서 태풍을 만났다.

나하 공항에 비행기가 요란하게 착륙했을 때, 한 방울씩 내리던 비는 숙소에 짐을 풀 때쯤 굵은 빗줄기로 바뀌었다. 그저 스쳐 지나가는 소나기라면 좋겠다는 바람은 TV에서 '타이후(태풍)'라는 아나운서의 멘트가 흘러나오자 멋쩍게 증발했다. 제7호 태풍 쁘라삐룬은 그렇게 오키나와에 서서히 다가서고 있었고, 폭우와 함께 강한 바람을 동반하며 각종 해일, 산사태 등의 재해를 예고했

다. 관광객뿐만 아니라, 현지인조차 걱정과 공포로 밤을 설칠 정
도였다.

렌트한 차를 받아 예약한 숙소로 움직여야 했다. 자동 세차장에
들어온 것처럼 비가 하늘에서 내내 쏟아졌고, 힘을 다해 필사적
으로 움직이는 와이퍼의 노력에도 좀체 앞은 보이질 않았다. 비
상등을 켜고 최대한 서행했다. 바람이 생각보다 더 거셌다. 차가
정면으로 똑바로 가고 있다는 게 짐짓 신기할 만큼, 길가의 나무
들이 요란하게 춤을 췄다. 저렇게 요동치다가 뽑혀서 도로로 날
아오면 어떻게 해야 할지 심각하고 진지하게 고민해야 했다. 다
행히 나무는 쉽사리 뽑히진 않았다.

오키나와를 몇 차례 왔지만, 바다 바로 앞 리조트에 묵게 된 것은
이번이 처음이다. 최저가 호텔을 검색해 좁은 방에서 숙박을 해
결했던 앞선 여행의 순간들이 주마등처럼 스쳤다. 내가 머무는
리조트의 룸은 6층이었지만, 바로 앞에 자리한 바닷가의 파도가
눈앞까지 넘실거리는 듯했다. 믿기 힘든 광경이었다. 저 멀리 섬
들은 이미 파도에 순차적으로 잡아먹히는 중이었다. 베란다 창문
을 열면 그대로 나도 파도에 순식간에 잡아먹힐 것만 같았다.

그날 새벽, 요란한 굉음과 함께 깨질 듯이 흔들리는 베란다 유리
창 때문에 잠을 설칠 수밖에 없었다. 어쩌면 잠을 잤는데, 밤새
악몽을 꾼 것 같기도 했다. 다음 날 아침, 아직 무사한 것에 진심
으로 감사했다. 조식을 먹기 위해 모여든 투숙객들의 얼굴은 그

림자가 드리워 어두웠다.

오키나와 안 맑음_2

여행은 인생과 닮은 구석이 있다. 기대에 찬 청사진이 존재하지만, 계획대로 흘러가는 일은 흔치 않다. 예측 못 한 변수가 예상 못 한 순간에 튀어나오고, 예정에 없던 일들이 생기거나 의외의 조력자가 등장하는 경우도 있다. 만만하게 생각했다가 된통 당하는가 하면, 고심을 거듭하며 조마조마했는데 오히려 막힘없이 풀리기도 한다. 곁에 있는 사람은 또 어떤가. 좋은 상황에서 한없이 유쾌했던 이들도 좋지 않은 상황에 처하면 내재된 본성이, 불현듯 '툭'하고 튀어나오는 경우가 있다. 평소 상냥했던 사람이 순식간에 분노에 휩싸인 인간으로 돌변하기도 한다. 결국 그것은 그동안 감추고 있던 본래의 자아다. 좋은 순간엔 누구라도 좋을 수 있지만, 반대의 경우엔 그러기가 힘들다. (인생에서든, 여행에서든) 힘든 상황을 함께 헤쳐나간 사람은 의지해도 좋은 파트너가될 수 있다. 그러니 예정에 없던 나쁜 상황이 닥친 것 역시, 때에 따라 호재로 작용할 수 있다(각종 피해만 떠안기는 태풍은 아무래도 예외인 것 같지만).

사흘간 태풍과 함께였다. 일부 산간 도로는 통제되었고, 거리 이곳저곳에는 어디선가 날아든 사물들이 불규칙하게 뒤엉켜 널브러져 있다. 바다는 끝내 잠잠해지지 않았고, 밤잠은 반복해 설칠 수밖에 없었다. 가끔씩 비의 양이 줄거나 바람이 사그라들 때, 정상 영업하는 식당들을 방문해 끼니를 해결했다. 그나마 다행인 것은 거의 반반 정도의 확률로 맛집을 찾아냈다는 사실이다. 평소 대기 손님의 줄이 길다는 유명 소바 가게도, 기다림 없이 곧바로 식사가 가능했다. 짧은 휴가는 그렇게 끝났고, 태풍은 나와 거의 동시에 오키나와를 빠져나왔다.

지치지 말자

섭씨 40도에 육박하는 폭염이 이어지고 있다. 무더위로 인해 체력적으로도 힘들지만, 그보다 더 큰 것은 마음의 문제다. 자꾸만 메마르고, 요동친다. 세상 어디 쉬운 일이 있겠냐마는 요즘은 평소보다 더 녹록지 않다. 우리의 일은, 누군가의 생계와 깊게 얽혀 있다. 그러니 이런 순간이 닥쳐도 매 순간 마음을 다잡으며 애써야만 한다. 혼자 이러지도 저러지도 못 할 만큼 수렁에 빠지면, 의지가 될 만한 이들을 찾아 이야기를 나눈다. 기획자와 마케터로 2년, 기자로 10년 차를 넘기는 동안 많은 이를 만났고, 어쩌면 그보다 더 많은 이를 떠나보냈다. 그럼에도 마음을 터놓을 만한 이들이 아직 남아 있다는 사실을 상기하며, 조금만 더 힘을 내기로 했다.

그리고 스스로에게 되뇌었다.

"지치지 말자."

거짓말의 씨앗

거짓말은 성장 속도가 빠르다. 씨앗을 뿌려두면 그다지 신경 써서 관리하지 않더라도 무럭무럭 잘 자란다. 그 성장 속도는 일반적으로 숙주의 영향을 크게 받는데, 정작 숙주는 스스로 거짓말의 숙주가 되었다는 것을 인지하지 못한다. 이게 포인트다. 진실을 알아채게 되는 순간 그 거짓말의 생명력은 다하고 만다. 그 사실을 깨닫기 전까지, 숙주는 누가 시키지 않았는데도 씨앗을 퍼뜨리는 역할까지 수행한다. 최초로 씨를 뿌렸던 사람이 손을 멈추더라도 확산은 그 덕분에 꾸준히 계속된다. 거짓말의 번식력은 예측할 수 없을 만큼 엄청나다. 경우에 따라 첫 씨앗을 뿌린 사람의 몸에서도 거짓말의 씨앗이 뿌리를 내려 자라난다. 그러다 어느 순간 자신이 만든 거짓말에 붙들려서 급기야 실재하는 진실이 무엇이었는지를 잊고 만다. 본인이 곧 진실이고, 스스로가 정의다. 자신과 어긋나는 것은 거짓이고, 부도덕하고, 부당하다. 거짓말이 뒤엉켜 자란 신념은 그래서 더 위험하다. 사람을, 집단을, 사회를 그대로 집어삼킨다.

일본 정부는 반세기가 넘는 기간 동안 제2차 세계대전 당시 행했던 일본군 성노예제에 대해 지속적으로 진실을 왜곡하고, 은폐하고, 회피하는 중이다. 거짓말의 씨앗을 흩뿌려, 숙주를 이용해 자신들을 방어하는 데 열을 낸다. 명백한 사실이 줄을 잇지만, 모두 필요 없다. 그냥 여전히 모르쇠다. 전 세계가 연대해 사과를 종용해도, 이를 악물고 악착같이 버텨낸다. 제대로 된, 진심에서 우러난, 사과 한마디가 듣고 싶다는 일본군 '위안부' 피해자 할머니들에게 그저 거액의 돈을 내밀어 '인도적 차원의 보상'이라고, 어떻게든 무마해보려고 애를 쓴다. 끔찍하다. 그들이 그러면서도 저렇게 당당할 수 있는 것은 스스로의 거짓말에 깊고 오랜 시간 잠식되어 있었기 때문 아닐까. 진실된 사과와 법적 배상, 더불어 제대로 된 교육의 필요성을 주창하는 것은 바로 이러한 이유 때문이기도 하다. 제대로 된 역사 교육을 철저히 이행해야, 현재와 후세의 사람들이 다시는 동일한 범죄에 노출되지 않는다. 할머니들은 다시는 자신들과 같은 피해자가 나오지 않기를 바라는 마음에서 마지막 생을 쏟아붓고 있다.

런던은 처음입니다만_1

영국 런던에서 머물게 됐다. 스코틀랜드 글래스고 출장을 위한 경유로 생겨난 여유다. 영국도, 런던도, 모두 처음이다. 떠나기 전까지 잡지 마감과 인쇄, 발행 등으로 딱히 뭔가 준비할 시간은 주어지지 않았다. 그럼에도 큰 걱정은 없었다. 조금 먼 동네 마실을 나가는 것처럼, 그냥 그렇게 덤덤하게 집을 나섰다. 스마트폰을 손에 꼭 쥐고서.

여행은 다양한 감정을 수반한다. 낯섦에서 생겨나는 설렘 역시 그중 하나다. 익숙했던 거리와 풍경, 생활권에서 벗어나 새로운 곳에 머무는 행위에는 분명 묘한 두근거림이 존재한다. 첫 해외여행 당시를 떠올린다. 비행기 티켓, 숙박 시설, 환전, 뭐 하나도 쉬운 게 없었다. 서점에서 구입한 여행책을 몇 번이나 반복해서 읽고, 형광펜과 포스트잇을 이용해 촘촘하게 공부하며 여행을 계획하고 준비했다. 휴대하기 용이하게 여행책을 낱장으로 쪼개기도 했다. 연고 하나 없는 타지에서 행여 무슨 일이라도 생기면 어떡하나, 괜한 걱정이 도무지 머릿속에서 멈추질 않았다. 언젠가, 분명 그랬던 시절이 있었는데.

침대에 누워 스마트폰을 만지작거린다. 비행기 티켓과 숙소가 쭈욱 뜨고, 조건별로 최저가를 검색한다. 클릭과 인증 몇 번으로 결제까지 완료다. 그뿐만이 아니다. 런던 히스로 공항에서 시내로 들어가는 익스프레스 티켓, 웬만한 유명 관광지에 모두 입장할 수 있는 런던 패스, 시내 지하철과 버스 등 대중교통을 이용할 수 있는 오이스터 카드도 어렵지 않게 발급할 수 있다. 해당 바우처는 스마트폰 안에 차곡차곡 정돈되어 언제든 소환 가능하다. 구글 지도는 또 어떤가. 우리가 세계 어디에 서 있든 원하는 목적지까지의 이동 수단과 시간을 친절하고 상세하게 안내해준다. 현지에서 어찌할 바를 몰라서 머리를 싸매고 발을 구르는 일은 이제 눈에 띄게 확 줄었다는 이야기다.

난생처음 방문한 런던이지만, 각종 애플리케이션의 도움 덕분에 낯설거나 불편한 감정이 난입할 틈이 생기질 않는다. 액정 위를 묵묵하고 착실하게 움직인 손가락은 뮤지컬 <위키드> 티켓 예매마저 성사시켰다. 본고장에서 보는 뮤지컬이라니! 심각한 영어 울렁증이 있지만, 그래도 꼭 한 번쯤 경험해보고 싶었던 일이다. 10여 년 전의 나라면 도무지 엄두도 나질 않았을 일이 분명했다. 배우가 쏟아내는 넘버는 기대만큼 훌륭했고, 국내보다 몇 배 더 캐주얼한 공연장 분위기를 주말 여흥처럼 즐기는 가족 단위의 현지 관객이 그저 신기하고 부러울 따름이었다. 웨스트엔드는 주말 내내 그렇게 생기가 넘쳤다.

런던은 처음입니다만_2

저질스러운 체력 탓에 어디로 여행을 가도 부지런히 돌아다니는 타입이 되질 못한다. 그럼에도 불구하고 대영박물관을 시작으로 런던 타워, 테이트 모던, 타워 브리지, 버킹엄 궁전, 런던 아이(아쉽게도 빅벤은 공사 중이었다), 더샤드 전망대, 화이트 채플 갤러리 등을 방문했다. 상반된 분위기의 소호와 쇼디치를 버스와 지하철로 오가며 쇼핑을 즐기고, 식당과 펍에서 피시앤칩스를 곁들여 맥주를 양껏 들이켰다.

쌓인 즐거움에 비례해, 피로가 누적되는 것은 당연했다. 숙소에 돌아와 잠시 몸을 뉘었더니, 다시 일어나 밖에 나갈 엄두가 나질 않았다. 결국 누워 있는 상태 그대로 앱을 사용해 인근 맛집들을 검색, 치킨을 배달시켰다. 그것도 따끈따끈한 순살 치킨을! 런던의 숙소에서 치맥으로 허기를 채우며, 넷플릭스 드라마를 가만히 보고 있자니 이곳이 서울이 아닌 런던이라는 사실을 하마터면 잊을 뻔했다.

타지의 낯섦이 주는 두근거림은 줄었다. 우리는 너무도 많은 것을 다양한 루트를 통해 직간접적으로 경험해왔고, 완벽하게 새로운 것이 거의 없는 시대를 사는 세대가 되었다. 스마트폰 속 앱은 삶터와 여행지의 경계를 자꾸만 희미하고 옅게 만들었다. 우리는 낯섦의 설렘을 내어준 대신 타지에서의 걱정과 두려움을 함께 덜어냈다. 그것으로 인해 생겨난 공백은 더 다양한 시도와 더 다양한 경험을 채울 수 있는 가능성으로 메웠다. 방향치도 런던을 헤매지 않고, 귀차니스트도 꽤 성실하게 관광을 하거나 현지 공연을 챙겨볼 수 있게 말이다. 먹고 자고 노는 게 어디서든 편히 가능하다.

물론 (좋든 싫든) 업무도 예외의 영역이 되질 않는다. 영국과 한국이 8시간의 시차(서머타임 적용)가 있음에도 24시간 활짝 열려 있는 모바일 톡과 메일은 한국에 있는 것과 다름없이 알림음과 더불어 일을 부지런히도 물어온다. 가상의 공간에서 여전히 미팅을 하고, 의견과 파일을 실시간으로 주고받으며, 평소와 크게 다름없는 일과를 이어갈 수 있게 되었다. 런던의 템스강이 훤히 보이는 스타벅스 안에서 원고를 마감할 수 있는 것도 아마 그러한 변화의 연장선상이다.

고민을 공유합니다

어떻게 하면 더 나은 섭외를 할 수 있을까? 어떻게 하면 더 나은 잡지를 만들 수 있을까? 어떻게 하면 좀 더 효율적으로 판매원들의 자립을 지원할 수 있을까? 어떻게 하면 더… 잡지를 만들며 품게 되는 고민은 수도 없이 다양하다. 고민의 터널을 지나 정답이 도출되면 그나마 다행이지만, 도돌이표처럼 반복되는 질문의 숲속을 그저 헤매는 경우가 부지기수다. 고민이 많아 고민들 사이에 갇힌다. 그러다 당장 잡지 판매라도 저조하면 더 잘 해내지 못한 스스로를 다그쳐 질책한다. 누구라도 붙들고 명쾌한 해결책을 달라고 사정하고 싶은 순간이 오면, 그렇게 잠시나마 책임을 회피하고 싶은 못난 마음이 부끄럽다.

지난주 영국 스코틀랜드 글래스고에서 열린 전 세계 스트리트 페이퍼 모임, INSP^{International Network of Street Papers}의 글로벌 서밋에 참석했다. 한국을 비롯해 영국, 호주, 대만, 일본 등의 <빅이슈> 관계자는 물론 독일, 스웨덴, 노르웨이, 핀란드, 이탈리아, 아르헨티나 등 <빅이슈>에 영감을 받아 탄생한 또 다른 스트리트 페이퍼 전체를 포함한 대규모 모임이다. 콘퍼런스 기간 동안 다양한 주제의 토론이 오갔는데, 콘텐츠 구성을 놓고 슬로베니아에서 온 한 편집장과 캐나다 몬트리올에서 온 디렉터가 언성을 높이는 일도 있었다. (물론 끝나고 쿨하게 화해했다.)

그곳에서 해답을 찾았냐고? 아니, 찾지 못했다. 하지만 전 세계 곳곳에 우리와 같은 고민을 하는 사람들이 있다는 사실은, 분명 위안이 됐다. 여러 사례를 나누고, 콘텐츠를 공유하고, 피드백을

주고받는 일은 서로에게 큰 힘이 되었다. 우리는 또 한 단계 성장
할 것이다.

흥미롭고 불안한

올해 여름 폭염과 폭우가 기승이었다. 기상청의 슈퍼컴퓨터도 예측 못한 자연 재해다. 언젠가부터 미세먼지가 하늘을 뒤덮는 날이 늘었다. 맑은 하늘이 얼굴이라도 내밀면, 사람들은 사진으로 기록하기 바쁠 지경이다. 어렸을 땐 상상도 못했던 일들의 연속. 겪지 않은 앞날은 그 누구도 알 수 없다. 지금의 삶은 1년 전의 내가 생각지 못했던 것이고, 10년 전의 내가 그린 인생의 궤도와도 어긋나 있다. 알 수 없어 흥미롭지만, 알지 못해 불안하다.

계획을 세운다. 당장 내일의 일부터 십수 년 뒤의 인생까지, 그 폭의 범위는 상당하다. 가만히 앉아서 생각하고, 끄적이고, 고민한다. 계획했던 대로 일이 성사되거나, 그저 매끄럽게 흘러가는 경우는 거의 없다. 어떤 식으로든 어긋나고, 예상 못 한 변수와 맞닥뜨리기 일쑤다. 현실에 치이다가, 계획의 존재조차 잊어버리는 경우도 있다. 그럼에도 또 다시 계획을 세운다. 계획 있는 삶을, 그 행위를, 흠모한다. 실현 여부와 별개로, 무한한 백지의 세상에 자의로 그려내는 계획은 그 자체로 나름의 몫을 해낸다. 살아지는 대로 사는 게 아닌, 살고 싶은 방향을 정해 그곳으로 걷고자 애쓰는 인생은, 그 결과와 무관하게 유의미하다. 알 수 없는 앞날을, 계획을 세워 착실하고 부지런히 살아낸다.

밭아도 너무 밭다.

누군가에게 여유를 건네는 긴 연휴는, 정기적 마감 노동을 하는 이들에겐 고통의 시간이 되기도 한다. 민족의 명절, 추석 역시 예외가 아니다. 2주일이라는 시간, 그중에서 인쇄 등 부수적인 작업을 덜어내면 약 1주일의 시간을 들여 잡지를 만들어내는 우리로서는, 늘 조급하고 아슬아슬하게 슬라이딩을 하는 기분으로 마감에 임한다. 그런데 갑자기 3~4일이 툭 떨어져 나가버리니 "이거 어떡하지?" 하소연하고 싶은 심정이다. 이번이 딱 그랬다. 187호 신간을 발행한 날로부터 다음 호인 188호 원고 마감 기한이 주말을 포함해 총 사흘이 주어졌다. 주말을 반납하는 것은 당연하고, 그것을 모두 할애한다 한들 쉬운 작업이 될 리 만무했다. 이번 마감을 하면서 편집국에서 가장 많이 사용한 단어가 '밭다'였다. '길이가 매우 짧다'는 뜻이다. 이번에는 정말 밭아도 너무 밭았다.

우리의 곁에서, 우리의 동료로서, 어쩌면 우리의 노동을 가장 잘 이해해주는 이들이 바로 빅판분들이다. 그렇지 않아도 이번 밭은 마감을 앞두고, "이번에는 그냥 대충 만들고 다음에 잘 만들어줘~"라고 쉬엄쉬엄 하길 권한다. 그러나 더 그럴 수 없다. 그렇게 말하는 빅판분들이야말로, 추석으로 생겨난 휴무와 한산해진 도심으로 인해 수익에 직접적 타격을 받는다는 것을 이미 경험을 통해 알고 있다. 그런 추석의 터널을 지나 10월 1일, 받아드는 것이 이번 188호다. 대충 만들면, 추석의 무심함이 할퀴고 지나간 상처가 덧날 수 있다. 다행스럽게도 에디터와 기고자, 교열자와 디자이너, 그리고 소중한 재능기부자의 이해와 배려 덕분에 이렇게 '정성껏' 만든 또 한 권의 잡지가 완성됐다.

어제의 나를 탈피한다

콘텐츠 만드는 것을 업으로 하는 만큼, 정체되어 있는 것에 대한 거부감이 짙다. 멈추어 있는 것은 현상 유지가 아닌 퇴보라는 생각, 반응에 대한 확신을 담보하지 않아도 끊임없이 변화하고 나아가야 한다는 압박감이 언제나 존재한다. 변화를 두려워하는 것은, 잠깐의 편안함을 미끼로 한 덫에 스스로 발을 내딛는 행위다. '탈피하다'라는 단어를 좋아한다. '파괴하다'처럼 뭔가 송두리째 뜯어고치는 강압적인 뉘앙스는 없으면서도, 기성에서 벗어나 변화를 향해 나아가는 어감을 품고 있다. 기존의 형태를 고스란히 포용하는 듯한 따뜻한 변화다.

<빅이슈>는 변화하는 잡지다. 적어도 내가 이곳에 있는 한 멈추지 않고 기존의 형태를 탈피하고, 또 탈피할 것이다. 독자들이 이번에 산 잡지가 지난번 산 잡지와 구분조차 할 수 없는 상황에 빠지지 않도록, 그리고 이번에 잡지를 샀지만 다음 호를 또 사야 하는 상황을 만들기 위한 기분 좋은 변화를 꿈꾼다. 스타와 셀럽이 표지로 등장하다가, 캐릭터와 동물이 표지 모델이 되기도 한다. 영화나 전시와 손을 맞잡아 새로운 것을 만들어내는 경우도 있다. 그렇게 늘 어제의 나를 탈피해, 오늘의 나를 맞이한다.

어쩌면 바다 생물 애호가

물고기를 먹지 못한다. 정확히는 바다에서 나오는 먹을거리 대부분을 삼키지 못한다. 어류 외에도 갑각류나 해초류처럼 물속에서 뭍의 식탁으로 올라온 거의 모든 것을, 즐기지 못하는 편이다. 어린 시절을 바닷가에서 보낸 탓인지, 아님 단순 취향의 문제인지는 솔직히 아직 모르겠다. 분명한 것은, 바다 생물 알레르기 같은 것은 딱히 없다는 사실이다. 동석한 이들은 늘 한결같다. "왜 먹지 않느냐?" 놀라 묻는다. 질문에 대한 답은 상황에 따라 종종 변주가 있었는데, 20대 초반 대학 시절에는 "물고기의 목소리가 들린다"였다. 그게 20년 가까이 지나 돌아보니, 진심이었는지 거짓이었는지 어렴풋 희미하다. 탁월하지 않은 기억력은, 과거의 기억을 열린 스토리로 바꾸어주는 신묘한 힘이 있다.

언젠가 누군가에게 '바다 생물 애호가'라고 답한 적이 있다. 물고기의 목소리를 언제부터 들었고, 어떻게 어디까지 들리는지 자세하게 설명하는 것보다 한결 간편하게 마무리됐다. 그때부터 난 바다 생물 애호가가 '되었다'. 밖으로 내뱉은 말이 먼저인지, 내뱉고 나니 본심을 깨닫게 된 것인지, 그 순서는 명확하지 않다. 지구상에 사랑하는 생명체가 대거 늘어났다는 것만으로 행복한 기분이었으니, 그것으로 충분했다.

내 왼쪽 발목에는 물고기 모양의 타투가 새겨졌다.

착한 사람은 없다

흉흉한 뉴스가 끊이질 않는다. 갑작스럽게 세상의 분노가 들끓게 되었는지, 아니면 그간 감춰왔던 흉악 범죄 소식이 갑작스럽게 통제를 잃고 쏟아지는지 정확하게 알 방도는 없다. 확실한 것은, 실제 상황이라는 게 믿기지 않을 만큼 끔찍한 일이 연달아 일어났다는 사실이다. 일면식도 없는 타인이 우발적 살해 대상이 되기도 하고, 누구보다 가깝다고 생각했던 이가 돌변해 목숨을 해하기도 한다. "인간은 본래부터 악하다"고 했던 고대 중국 유학자 순자의 성악설性惡說에 무게가 부쩍 실리는 요즘이다. 삶과 세상은 녹록지 않고, 시험의 연속이다. 많은 일을 맞닥뜨리며 분노할 상황에 직면하는데, 그것을 외부로 표출시키느냐 마느냐는 온전히 개인에게 달려 있다. 감정의 제어 시스템을 효과적으로 운용해야 사회 구성원 모두 무탈하게 살아갈 수 있다.

선행을 하는 일은 쉽지 않고, 결코 당연하지도 않다. 선의가 생성되어 숙성 및 발현되기까지의 과정을 온전히 버텨내야만 가능한 일이다. 그러니 인간의 선행은 상대적 크기나 지속성과 무관하게, 그 자체로 가치있는 일이다.

착한 사람은 없다. 착해지기 위해 부단히 노력하는 사람만 있을 뿐이다.

우리는 모두 남이다

영원한 내 편은 없다. 일시적인 내 편이 있을 뿐이다. 모든 비밀을 공유하고 의지한다고 생각하는 절친, 동료, 연인, 그리고 부부 사이라 해도 상황은 마찬가지다. 영화 <완벽한 타인>에서는 이런 사람의 심리를 꼬집고 비틀고 물어뜯는다. 물리적으로나 심리적으로 아무리 가깝다고 느끼더라도, 타인은 본디 타인일 뿐 나 자신이 될 수 없는 노릇이다. 남은 결국 남이다. 이를 인지하지 못할 때, 돌이킬 수 없는 실수를 하고 지켜야 할 선을 넘어 합리적이지 못한 사고를 하는 경우가 발생한다. '꽉꽉하고 몰인정하다'고 이를 반박할 수 있다. 하지만 지금 곁에 있는 사람이 언제라도 '완벽한 남'으로 돌아설 수 있다는 사실을 인지하는 순간, 오히려 지금의 관계에 더 집중하고 공들일 수 있는 법이다. 타인의 호의에 더 고마워하고, 악의에 조금이라도 덜 상처받을 수 있도록.

초등학교 3학년 어린이가 50대 후반 운전기사를 자르겠다고 겁박하는 믿기 힘든 사실이 녹음 파일과 함께 공개됐다. 믿었던 지인들의 거액을 빌려서 해외로 도주한 일은 그 아들인 한 래퍼의 유명세로 뒤늦게 주목받았다. 동급생들에게 집단 괴롭힘을 당해 목숨을 끊는 중고생에 대한 뉴스가 잊을 만하면 고개를 내민다. 어쩌면 누구보다 가깝게 지냈을, 아니 지낼 수 있었던 이들이 남보다 못한 사이로 치달은 꼴이다. 인정에 호소한다고 해결될 문제가 아니다.

'가족 같은 동료'라는 표현도 불만스럽다. 직장은 인정이 통용되는 곳이 아니라, 직무에 맞는 성과를 만들어내야 하는 조직이다. 인간적 관계로 발전하는 것 자체에 문제가 있는 건 아니지만, 그 것이 공적인 부분을 앞서선 안 된다는 이야기를 하고 싶다.

이것을 혼동하면 관계도, 조직도 무너진다.

영향력 그렇게 쓸 거면 우리 줘요

인기 스타 섭외는 대다수 잡지 편집장의 수명을 갉아먹는 스트레스이자 평생 해결될 리 없는 고민거리다. 특히 우리의 경우 그것이 유독 더 절실하다. 표지에 따라 판매가 절반이 되기도 하고, 두 배가 되기도 하는 상황을 매일 맞닥뜨리면 그렇게 될 수밖에 없다. 판매액 변화 추이는 곧바로 홈리스 판매원의 수익과 직결되는데, 그것을 살피다 판매가 저조할 때를 마주하면, 자책 속에서 컴컴한 방에 갇히는 기분에 휩싸여 숨이 막힌다. 한 호도 허투루 만들 수 없다. 2주에 한 번, 게다가 빨간 날이라도 겹치면 편집국의 일이 배가되지만, 불평할 곳도 여력도 없다. 이제 우리 편집국은 업무 강도야 어찌 됐든 '제발 이번에 만든 잡지가 잘 팔렸으면' 하는 바람만 남았다. 길거리 판매가 힘들어지는 혹서기와 혹한기는 빅판분들과 똑같이 힘겹다.

스타를 둘러싼 논란은 언제나 끊임없다. 마약 문제 같은 범죄에 연루되기도 하고, 이성 문제가 사생활 논란으로 번지기도 한다. 경솔한 발언이나, 무례한 행동이 포착되어 구설수에 오르는 경우도 있다. "아티스트는 법적 공인이 아니니깐 행동까지 관여하지 말라"고 반박하는 이들이 있고, 그 말에 공감하는 이들도 적지 않다. 하지만 틀렸다. 그들의 영향력은 공인의 그것에 견주어 거대한 경우가 많고, 그로 인해 많은 사람을 움직일 수 있는 강력한 힘이 주어진다. 그들이 그 영향력을 어떻게 쓰느냐에 따라 사회 구성원의 삶에 크고 작은 변화를 줄 수 있는 만큼 그들은 스스로의 영향력을 직시하고 인지할 필요가 있다는 생각이다. 논란 제조 같은 것에 흩뿌려 허비할 거라면, 부디 그 영향력 우리에게 좀 나누어달라.

예방접종을 뚫고 자라난 독감처럼

편집국에 독감이 자랐다. 디자이너 실장님으로부터 시작된 (것으로 추정되는) 독감은, 시차를 뒀을 뿐 결국 편집국 기자 전원(그래봤자 4명이지만)을 감염시키는 데 성공했다. 마감이 끝난 다음 날, 어쩌면 가장 행복한 시간을 영위해야 할 하필 그날 아침, 내 몸에 벌어진 이상 징후를 발견하던 순간의 당혹스러움을 또렷이 기억한다. 독감 예방접종을 미리 맞았다는 안도감에, 콜록거리는 후배들이 내뱉은 바이러스 입자 숲 사이를 여유롭게 거니는 게 아니었다. 예방접종을 했던 병원에 다시 찾아가 독감 확진을 받고, 마주 앉은 의사와 멋쩍게 웃었다. "가끔 이렇게 접종을 뚫고 자라나는 독감이 있더군요." 마감과 마감 사이의 공백을, 그렇게 독감이라는 아이가 가득 메웠다.

우린 언제나 겹겹의 방어벽에 둘러싸여 살아간다. 이는 외부의 실제 위협으로부터 스스로를 보호하기 위한 방편이 되기도 하고, 벌어진 어떤 상황에 대한 변명이 되어 위안의 용도로 사용될 때도 있다. 잡지의 판매 수치가 마음처럼 나와주지 않을 때는, 당연히 후자다. 덥거나 추워진 온도, 폭우나 폭설이 덮친 날씨, 위축되는 소비 심리, 설 곳을 잃는 종이 매체의 한계, 각종 사건들로 번진 기부 포비아, 삶의 여유가 사라진 사람들 등 그 이유를 나열하는 데 급급하다. 하지만 잘 알고 있다. 그 모든 핑곗거리를 거뜬히 뚫어낼 만큼, '잘 팔리는' 잡지가 분명 존재한다는 사실을 말이다. 예방접종을 뚫고 자라난 지금 이 독감처럼, 그런 잡지를 만드는 게 우리가 풀어야 할 숙제다.

'좋은 일'이라는 포장지

사람들에게 부득이 직업을 말해야 하는 경우가 있다. 그러면 흔히 돌아오는 반응은 "좋은 일 하시네요"다. 그럴 때마다 난 그저 콘텐츠를 만드는 사람일 뿐이고, 운 좋게 영국에서 만든 이 탁월한 시스템에 우연히 승차한 덕분에 과분한 칭찬을 받게 된 것이라고 설명한다. 부족하다 싶으면, 내가 품고 있는 이기심, 예민하고 괴팍한 성격을 덧붙이기도 한다. 좋은 일을 한다고 꼭 좋은 사람이 아니라는 것을 거듭해 강조한다. '좋은 일'이라는 카테고리에 들어가 스스로 그것에 취하는 것은, 경계해야 할 '위험한' 행태라는 생각이 요즘 부쩍 더 짙어졌다.

가끔 '좋은 일'이라는 포장지는 무능함을 덮고, 그 안에 스민 못된 욕심을 숨기는 용도로 악용된다. 막연하게 '좋은 일을 한다'는 허울에 세뇌되어 제대로 된 판단을 하지 못하는 경우를 드물지 않게 목도한다. 그래서 위험하다.

'좋은 일'이라는 포장지가 부족한 자질에 대한 변명이나 단순한 사욕을 채우는 수단이 되어서는 결코 안 될 일이다. 이는 약자를 그저 방관하는 것보다 어떤 면에서 훨씬 더 졸렬한 행위다.

어긋난 계획, 틈새에서 핀 꽃

최근 몇 차례 강연을 했다. 성공의 문턱조차 밟아본 적 없는 평범한 보통 사람 얘기를 도무지 어디에 쓸데가 있을지 염려스러웠지만, 사람들과 가까이에서 직접 이야기를 나눠볼 요량으로 나름 용기를 냈다. 그럴싸한 감동이나 허를 찌를 만큼 놀라운 인생 비법도 부재한 밋밋하기 그지없는 이야기는 살아온 길에 대한 넋두리와 아쉬움이 혼재되어 허공을 떠다녔다. 자못 진지한 표정으로 질문하는 20대를 보고 있자니, 뭐라도 꺼내 덜어주고 싶은 마음이 툭툭 튀어나왔다. 그런데 실상은 빈털털이다. "인생에 정해진 답 같은 건 없으니, 맞닥뜨리는 현실에 그때그때 대처하면 됩니다. 단, 후회가 남지 않도록." 결론은 언제나 이 언저리를 맴돌 뿐이다.

베스트셀러가 된 인생 조언서, 인기 강연, 그 비스무레한 방송을 접한다 해도 감명받아 기존의 삶을 뒤흔들 필요는 없다고 생각하는 편이다. 각자의 인생이고, 각자의 길이다. 그 누구도 아닌, 오로지 자신만의 인생. 이번 생은 누구나 다 처음이다. 그러니 그런 것을 마주해도 '아, 저런 삶도 있구나' 하고 단순 참고용으로 활용하면 그것으로 충분하다. 인생이 계획했던 선로를 곧이곧대로 따라가는 경우는 극히 드물다. 늘 예상하지 못한 지점에서 눈 깜짝할 속도로 어긋나기도 하고, 그렇게 뒤틀린 틈새에서 계획에 없던 꽃이 피어나기도 한다. 예측하지 못해 불안하기도 하지만, 그래서 오히려 더 설레고 기대되는 것이 또 삶이고 인생 아닐까.

목 마른 사람이 다 우물을 파는건 아니다

가끔 현실은 이론의 그것과 다르다. '목 마른 사람이 우물을 판다'는 이야기는 그럴싸한 이론에 불과하다. 자신의 갈증 해소를 위해 우물을 직접 파는 이들은 생각보다 극소수다. 목이 마를 경우, 주변의 눈치부터 꼼꼼하게 살피는 이들이 상당하다. 누구 한 사람이 우물을 파주기만 하면 편하게 목을 축일 수 있는데, 굳이 스스로 나서서 고생할 필요가 없다는 사실을 이미 경험으로 체득해 잘 알고 있기 때문이다. 목 마르지 않은 척도 하며, 우물을 파는 재능이 없다는 사실을 슬쩍 어필해 시간을 벌기도 한다. 진심 어린 표정을 곁들여 "아무래도 우물을 파야할 것 같다"는 이야기를 입으로 반복하는 것도 빠뜨리지 않는다.

결국 우물을 파는 주체는 갈증의 유무나 크기에서 결정되는 게 아니라, 눈 앞의 업무를 미루는 데 익숙지 않고 이같은 상황을 답답해하며 직접 나서는 실행력 있는 누군가다. 목 마른 무임승차자는 이렇게 자신의 목을 축이며 끈질기게 살아남는다. 어떤 상황에 처해도 이것의 무한반복일 뿐, 극적인 변화나 발전 따위는 애초에 관심이 없다. 언젠가 그가 무인도에 홀로 남겨지는 상황이 온다면 혹시 모르겠지만, 살면서 그런 일이 좀처럼 발생하지 않는다. 그러니 누군가의 노력에 빨대만 꽂으며 결과적으로 그 누구보다 오래, 편히 살아남는다. 세월이 지나 탁월해지는 것은 빨대를 꽂을 대상을 빠르고 정확하게 파악하는 능력 정도다.

요즘 우물을 팔 일이 참 많다. 모두가 알다시피 잡지 시장이 한껏 움츠러들고, 현실적인 제약들도 오히려 늘어 우물 하나하나가 더 간절한 상황에 직면했다. 고맙고 다행스러운 것은 여전히 많은 분들이 우리에게 관심을 보여주시고, 우리가 파고 있는 우물 작업에 기꺼이 동참해준다는 사실이다. 그러니 더 힘을 내야만 한다.

오늘도 딴짓을 합니다

A4 한 페이지 정도 분량의 글이면 대개 30분에서 한 시간 정도의 시간이 소요되는 편이다. 물리적, 이론상으로는…. 그런데, 문제가 있다. 첫 글자, 첫 문장을 쓰기 까지 정말 수많은 딴짓의 유혹이 기다린다. 느닷없이 방 청소나 책상 정리를 한다든가, 평소 읽히지 않던 책을 끄집어내 읽거나, 넷플릭스를 켜 밀린 드라마를 보기도 한다. 초조하지만 태연한 척, 이것이 나름의 포인트다. 실현 가능한 모든 딴짓을 시도하며 첫 문장과의 만남에서 의도적으로 있는 힘껏 도망친다. 교묘하게 마감을 어기지 않는 선에서 남아 있는 모든 시간을 몽땅 다 사용하는 경우가 부지기수다. 일단 글이 시작되기 전까지 발동이 정말 끔찍할 정도로 늦다.

이런 성향은, 글쓰기를 업으로 하는 사람으로서 전혀 효율적이지 않다. 그런데 의지만으로 도무지 어쩔 수가 없다. 그 시간을 마주할 때면 뭔가 다른 차원의 문이라도 열리는 듯, 글쓰기를 제외한 모든 신경세포가 제각각 최대치로 활성화되어 보이지 않던 세계가 시선과 흥미를 사로잡는다. 그 세계를 샅샅이 풀어헤치지 않고, 본연의 글쓰기에 집중한다는 것은 사실상 불가능하다. 그러니까 지금의 이 글은 청소와 빨래, 요리와 설거지를 끝내고 책과 드라마까지 본 다음에 옷장 정리를 하고 새벽에 닿아버려 후회하고 있는 내 자신에 대한 구차한 변명이다. 반성한다.

모든 신념이 옳은 것은 아니다

강력한 확신에 사로잡혀 직진으로 내달리는 사람들이 있다. 어려운 선택의 기로에도 주저함이 없고, 힘든 순간을 마주해도 견뎌내고 극복한다. 이는 '신념'이라는 단어로 설명된다. 신념은 우리의 삶에서 중요한 역할을 해낸다. 그렇지만 모든 신념이 옳은 것은 아니다. 잘못된 신념의 불길에 휩싸여 객관적 판단과 사고를 잃은 채, 독선과 독단의 늪에 빠져 허우적대는 경우도 꽤 상당하다. 자신이 곧 '정의'이고, 그 의견에 반하는 자를 '악惡'이라 단정하는 이분법적 사고도 곁들여진다. 주관적 판단을 절대적인 법칙인 것처럼 강요하고, 그것이 받아들여지지 않으면 답답해하고 분노한다. 고착된 신념은 쉽게 바뀌지 않기에, 때로 위험하다. 영화 <사바하>에 등장하는 사이비 종교는 그러한 것을 극단적으로 보여주는 예다. 타인의 공감을 얻지 못하는 신념은 '아집'이고, 그것을 강요하는 것은 폭력에 불과하다.

한국의 대학 입시를 소재로 차용했던 JTBC 드라마 <스카이 캐슬>은 잘못된 신념을 가진 인물들이 타인에게 얼마나 큰 위해를 가할 수 있는지를 아주 적나라하게 보여준 작품이다. 서울 의대에 합격시키기 위해, 의사가 되기 위해, 피라미드 꼭대기의 삶에 도달하기 위해 수단과 방법을 가리지 않는 인간 군상이 끝없이 나열된다. 이 드라마가 시청자들에게 뜨거운 호응을 얻을 수 있었던 이유는 극에서 전개된 섬뜩한 이야기들이 단순 픽션이 아니라 실제 우리 사회에서 공공연하게 벌어지고 있는 일이라는 사실을 이미 충분히 알기 때문이다. 드라마는 종영했지만, 강력한 잔상은 여전히 많은 이의 뇌리에 남았다. 그 영향 탓에 내 안의, 혹은 누군가의 신념을 마주했을 때 그것이 옳은 것일까 의심하고 또 의심한다.

기본을 지키는 것은 생각보다 더 어렵다

화마火魔가 강원도를 집어삼켰다. 식목일에 벌어진, 믿고 싶지 않은 이 끔찍한 재난에 수많은 피해가 속출했다. 모두에게 악몽 같은 시간이었다. 곳곳의 불길을 잠재우고, 이재민 대피를 위해 많은 이가 힘을 모아 일사분란하게 움직였다. (물론 그 와중에 이를 정치적 이슈로 끌어들이는 데 몰두하는 해괴한 인간도 있었다는 것은 몹시 안타까운 일이다.) 이것은 어쩌면 너무도 당연한 국가적 대처였지만, 당연한 일이 좀처럼 이뤄지지 않는 나라에 살고 있는 사람들로서는 이를 지켜보면서 가슴을 쓸어내리며 안도했다. '기본'을 지키는 것은 생각보다 더 어렵다. 문제의 해결, 문제에 대한 책임, 그리고 철저한 재발의 방지.

때로 어떤 사건은 그 해결 자체가 책임자 처벌과 유기적이고 필연적으로 연결된 경우가 있다. 여전히 표류하는 '4·16 세월호 참사'의 원인 분석과 책임자 처벌이 그러했다. 오랜 세월 뻔뻔함으로 일관하는 '5·18 민주화 운동' 진압 책임자의 처벌을 거듭 강조하는 목소리가 커지는 것도 이와 마찬가지다. 힘없는 여성을 성노예로 삼아 인권을 유린했던 일본군 '위안부' 문제 역시 일본의 진정성 있는 사과 없이는 더 이상 한 걸음도 뗄 수 없는 중차대한 문제로 남아 있다. 그저 시간의 벽 뒤에 숨어서, 책임 따위는 나 몰라라 하는 파렴치한 행태는 언제든 다시 유사한 일을 만들어낼 수 있다는 것을 알아야 한다.

제발 기본만 좀 지켜달라.

의외의 미래는 의외로 좋다

글 쓰는 것을 업으로 하게 될 지 몰랐다. 어릴 때부터 글쓰기를 두려워해서 글 대신 그림을 그렸고, 편집 프로그램을 다룰 수 있게 된 이후에는 영상 제작에 몰두했다. 방송 프로그램을 만드는 일을 직업으로 갖는 게 목표였던 시간이 그 이후로 꽤 길었다. 억지로 떠밀려 글이란 것을 쓰게 된 것은, 방송국에 입사하기 위한 과정의 일부였다. 어쩐지 계획대로 되지 않아 목표했던 길과 자연스럽게 멀어졌고, 정신을 차리고 보니 글을 쓰는 게 주된 업무가 되어있었다. 작가는 아니었지만, 그렇게 10년간 기자로서 글을 썼다. 학창시절의 내가, 상상조차 못했을 미래에 발을 들여놓은 셈이다. 의외의 미래는, 의외로 좋았다.

글을 쓰는 것은 오묘해서 매력적이다. 입으로 쉽게 나오지 않던 것도, 손끝을 통하면 자연스럽게 툭 튀어나오는 경우가 있다. 자신을 숨기거나 전혀 다른 자아를 만들어내는 것도 수월하다. 혼자만 있을 때 마주할 수 있는 내면의 자아가 수면 위로 떠올라 글을 매개로 타인을 마주하기도 한다. 그렇지만 글쓰기에 익숙해지면 부작용도 생긴다. 완벽히 정리되지 않은 언어의 조각으로 내뱉어 사방으로 흩뿌려지는 말이 몹시 두렵고 걱정스럽다. 무분별하고 통제되지 못한 채 쏟아지는 문장의 나열이 신경쓰여 두고두고 불편하다. 퇴고도 되지 않은 불안정한 형태로 남의 앞에 보여지는 기분은 벌거벗겨진 채로 쇼윈도에 진열되는 것에 견줄만큼 끔찍하고 수치스럽다. 그러니 어쩔 수 없이 말수가 전보다 줄어든다.

한 달에 두 번, 스무 개 남짓의 글을 한데 엮어 한 권의 잡지를 만들어 내는 일은 매번 만족스러울리 없다. 애정을 눌러담아 쓴 글을 건넨 여러 기고자들과 그것을 매만지는 에디터들, 그리고 그것을 다시 지면에 얹히는 디자이너까지, 수많은 이들의 노력이 순차적으로 겹쳐져 정해진 결과물을 시간 안에 완성한다. 갑작스러운 일로 기존의 기획물이 뒤집히기도 하고, 약속했던 내용물이 제시간에 도착하지 않아 전전긍긍하기도 한다. 다양한 변수가 이곳저곳 은밀하게 숨어있다. 어쨌든 우리는 판매원 분들, 그리고 독자와의 약속을 지키기 위해 시간 안에 잡지를 어떻게든 완성해야 한다. 그러니 편집국의 생각은 하나다. '일단 이번호만 무사히 세상에 내놓자.' 그 이후 휴식이든 변화든, 그것도 아니면 퇴사를 결정하게 되겠지만, 이번호가 정상적으로 발행되기 전까지는 모든 생각과 감정을 잠시 뒤로 미뤄둔다.

언제나 그래왔던 것처럼, 의도적으로 무심하게.

막연한 긍정, 제발 넣어두세요

난 확실히 삐뚤어졌다. "다 잘될 거다"라는 조언에 적잖은 거부 감을 가지고 있는데, '눈앞의 문제를 모른 척 해보자'는 무책임한 마음이 전달되어 답답하기 때문이다. 기계적인 표현 이면에 '미 안하지만 나도 딱히 해결책은 없다'는 속내라도 감지되면 도리어 힘이 빠지기도 한다. 긍정적 사고가 우리의 삶을 더 유익한 방향 으로 이끈다는 것을 잘 알고 있지만, 그런 '긍정 주사'를 맞는다 해도 눈앞에 닥친 실질적 삶의 문제나 생존의 문제가 해결될 수 없다는 것을 충분한 경험을 통해 학습했다. 심리적 붕괴를 일시 적으로 마취해 버틸 수 있는 시간과 체력을 제공할 때도 있지만, 그 이상의 역할은 할 수 없다. 오히려 그것에 중독되어 상황의 변 화를 가능케 할 중요한 시기를 놓칠 수도 있다. 그러니 당장 해결 책을 찾고, 효율적이고 실질적인 노력을 기울이는 것이 더 시급 하다.

행복에 대해 생각한다. 누군가를 돕는 것은 의미 있는 일이고, 의 미 있는 일을 하는 것은 행복한 일이다. 하지만 타인의 행복을 위 해 자신의 일정량의 행복을 담보 잡혀야 한다면 어떨까? 고민에 빠지게 되고, 포기해야 하는 행복의 양을 계산하게 될지도 모른 다. 그리고 그러한 셈을 시도한 자기 자신을 이기적이라고 자책 하게 된다. 어쩌면 지금의 내가, 우리 편집국 기자들이 지금 딱 그 꼴이 아닐까? 무리한 에너지를 짜내며 버텼는데, 앞길이 자꾸 흐릿해지는 것 같아서 불안감에 휩싸인다. "다 잘될 거다"라는 말은 귓가에 환청처럼 반복된다. 명확한 답, 그것을 향해 달려가 는 노력이 무엇보다 절실하다.

선을 지키는 삶, 선 긋기의 미학

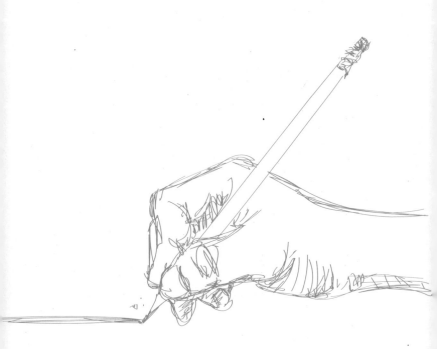

선^善을 행하는 삶만큼, 선^線을 지키는 삶은 중요하다. 어렸을 적 친구들과의 놀이를 통해 약속한 '선'을 넘지도 밟지도 않는 것에 대해 그렇게도 부지런히 체득했던 이유는, 어쩌면 앞으로의 인생에서 맞닥뜨리게 될 수많은 선들을 대비한 일종의 학습 과정이 아니었을까? 그때와 달라진 점을 꼽자면, 지금 우리가 마주하는 선들은 육안으로는 식별이 불가능하다는 것 뿐이다. 한 사람의 인생을 찬찬히 뜯어보면, 그 안에는 이미 무수히 많은 선들이 존재한다는 사실을 깨닫게 된다. 가족, 친구, 연인, 부부, 동료 등과 원만한 인간관계를 유지할 수 있게 하는 선. 조직에서 자신의 책임과 소임을 다할 수 있게 하는 선. 사회가 정상적인 궤도를 따라 움직일 수 있게 하는 상식의 선까지.

"최소한 여기까지는 해야 한다." "그건 선을 넘는 행위다." 선을 넘지는 않되 선에 최대한 가깝게 다가서야 하는 고도의 기술은, 어릴적 놀이를 할 때만큼 인생에서도 꼭 필요한 재능이다. 선을 넘는 것은 타인에게는 자칫 위해가 될 수 있다. 이제는 한낱 놀림거리로 전락한 '가족 같은 동료'라는 표현, '자식 같은 직원·제자', '나보다 더 사랑하는 -그래서 통제하고 싶은- 연인' 등은 모두 무례하거나 무모하게 선을 침범하는 대표적 행위다. "그런 의도가 아니었다", "상대가 그렇게 생각할 줄 몰랐다"며 가벼이 덮을 수 있는 차원이 아니다. '선 긋기'는 그래서 중요하다. 그것은 인간미 없는 행동이 아닌, 상대가 파악하지 못한 안전거리를 선명하게 그어 각인시키는 일련의 행위로 오히려 관계를 책임감 있고 능동적으로 대처하고자 하는 마음이 투영된 결과다.

타협의 여행, 찰나의 후쿠오카

"돈도 시간도 없지만, 여행은 가고 싶다."

어쩌면 이것은, 바로 이곳, 지금의 대한민국에서 살아가는 대다수 사람의 공통된 바람이 아닐까. 국가에서 정해놓은 공휴일, 사규에 의거한 연차 따위는 현실의 벽 앞에서 그 존재가 맥도 없이 무너지고 지워지기 일쑤다.

퇴사를 전면에 내세운 다양한 콘텐츠가 몇 년간 꾸준한 인기를 얻고 사랑받는 현상은, 퇴사가 선행되지 않으면 마음 편히 여행조차 떠날 수 없는 비참한 현실을 반영한 결과물일지도 모른다. 여행이란 녀석은, 닿을 듯 닿을듯 닿지 않는 곳에 존재하기에 시간이 지날수록 오히려 더 간절한 존재가 되어갈 뿐이다. 그러한 관점으로 본다면, 여행은 결심과 실행의 간극이 좁으면 좁을수록 일단 무조건 좋.다. 그 거리가 벌어질수록 인간의 의지는 옅어지고, 결국 다음을 기약하며 주저앉은 채 오랜 시간 어디든 떠나지 못하게 되는 경우가 많으니깐.

인생의 첫 번째 여행, 혼자 여행, 무작정 여행을 떠나려고 마음먹은 이들에게 일본, 그것도 굳이 후쿠오카를 추천하는 것은 그러한 연유에서다. 도쿄나 오사카와 비교해 비행기 티켓 값이 저렴할 뿐만 아니라, 비행시간도 1시간 30분이면 충분하다. 공항에서 시내까지의 거리 역시 지하철로 약 15분 정도 소요되니, 아침에 출발해 숙소에 짐을 풀고 현지에서 점심을 먹을 수 있다는 계산이 된다. 짧은 일정의 여행에서 이만한 이득은 없다. 공항에서 내려 커다란 캐리어를 끌고 시내에 있는 숙소까지 이동하느라 심신이 지쳐버리고 말았던 과거의 여행 기억을 소환해보면 이것은 더할 나위 없는 확실한 장점이다.

돈과 시간의 벽을 허물어 내주는 후쿠오카 여행은 하카타 역 주변에서 주로 시작된다. 주말을 포함해 2박 3일이라는 짧은 일정으로도 시내 주변을 거닐며 여행의 즐거움을 만끽할 수 있고 다양한 쇼핑센터, 널찍한 공원을 통해 만족감을 채울 수도 있다.

'잇푸도 라멘', '이치란 라멘'처럼 이미 한국에서도 충분히 잘 알려진 라멘 가게의 본점들이 위치하고 있어 특별한 식^飠투어도 가능하다. 밤이 찾아오면 나카스 강가를 따라 어둠을 밝히는 야타이^(屋台:일본식 포장마차)에서 시원한 생맥주에 꼬치구이를 먹으며 생전 처음 만난 여러 국적의 여행객들과 의미 없는 수다를 주고받고 웃는다. 그렇게 잠시 켜켜이 쌓였던 현실의 두터운 번뇌를 씻어내는 듯한 기분에 사로잡힌다. 그저 찰나의 순간에 불과하지만.

후쿠오카의 강점은 다양성에서도 찾을 수 있다. 하카타를 거점으로 2~3시간 버스나 신칸센으로 이동하면 다양한 공간이 펼쳐진다. 온천으로 유명한 유후인을 비롯해 나가사키, 벳푸, 구마모토, 기타큐슈 등이 주변에 줄줄이 포진되어 있어 한 번의 여행에 한 장소씩 섭렵해나가는 재미가 쏠쏠하다. 비록 저 멀리 실제 유럽까지는 못 가더라도, 17세기 네덜란드를 모티브로 꾸민 테마파크 하우스텐보스를 방문해 설움을 달래볼 수도 있다.

그리고 하나 더, 우리가 반드시 기억해야 할 역사도 있다. 일제강점기 강제징용을 통해 끌려온 조선인의 슬픈 흔적들. 영화 <군함도>로 더 잘 알려진 '지옥의 섬' 하시마, 나가사키 원폭 조선인 희생자 추도비, 그리고 시인 윤동주가 죽음을 맞이한 후쿠오카 구치소 등이 바로 그러한 곳들이다.

여행은 사치가 아니다. 동화 작가 안데르센은 "여행은 정신을 다시 젊어지게 하는 샘"이라고 말했고, 철학자 아리스토텔레스는 자유인의 조건으로 여가^{SCHOLE}를 꼽지 않았던가. 여행은 사방으로 꽉 막힌 답답한 현실을 어떻게든 버텨내기 위해 스스로에게 뚫어주는 숨구멍 같은 것이다. 실질적 가성비를 따지고, 실현 가능성을 셈하는과정을 거쳐 한발 앞으로 더 나아갈 수 있는 동력을 얻는 과정이다.

현실에서 벗어나고자 떠나는 여행이 결국 또 지나치게 현실적이라는 사실은 참으로 슬픈 일이지만, 사람들은 그렇게 '타협의 여행'을 통해서 자신의 삶과 다시 타협한다.

"그래, 또 한번 잘해보자."

필요할 때 연락하는 사이

"넌 꼭 필요할 때만 연락하더라." 이런 이야기를 들으면 부끄럽다. 얄팍하고 치졸한 속내가 들통나버린 기분이 들기 때문이다. 그런 면박을 피해볼 요량으로 형식적인 안부를 주고받는 노력을 짜내보기도 하지만, 그게 영 쉽지 않다. 계산적이고 기계적인 행위에 수치심이 들고, 부탁해야 하는 자신의 처지에 자괴감까지 얹힌다. 그렇기에 역으로 이런 연락을 받게 될 때면 늘 조심스럽다. 혹시라도 상대가 미안해하거나 멋쩍어하지 않도록 "연락해줘서 고맙다"는 말을 잊지 않으려고 한다. 고마운 마음은 진심이다. 누군가에게 도움이 될 수 있는 존재라는 사실을 증명받은 것 같아서 도리어 기쁘니깐.

어린 시절의 인간관계는 단순하고 솔직했다. 개인의 능력으로 평가받지 않고, 뚜렷한 성과를 이뤄낸 것도 전혀 없다. 모두 가능성을 지닌 작고 소중한 존재일 뿐이다. 있는 그대로 상대를 받아들이고 개인적 취향으로 호불호를 가른다. 좋으면 그냥 좋고, 싫으면 그냥 싫다. 어른의 관계는 이보다 더 복잡하다. 이미 촘촘하게 짜인 인간관계의 틈 속에 새로운 누군가를 끼워 넣는 것은 결코 쉬운 일이 아니니깐. 생각보다 까다로운 절차가 존재한다. 지금의 나, 앞으로의 나에게 필요한 상대인지 가늠하기도 한다. 여러 조건이 쌍방에 부합하면 비로소 새로운 친분 관계로 편입된다.

지금 몸담고 있는 회사의 편집장이라는 자리는 무언가 해줄 수 있는 일보다, 무언가 부탁하는 일이 훨씬 더 많다. 더 좋은 잡지를 만들고자 하는 욕심이 있다면 그럴 수밖에 없다. 제한된 시간,

제한된 비용, 제한된 인력으로 좋은 잡지를 만든다는 것은 물리적으로 불가능한 일이다. 그러니 그동안 쌓아올린 여러 인간 관계에 기대어 많은 이들의 도움을 거듭해 받고 있다. 10년 기자 생활에서 적립해둔 무형의 퇴직금을 조금씩 빼내 운용하고 있는 셈이다. 무한하지 않고 유한한 노후 자금. 이것에 계속 의존할 수 없는 노릇이니, 언젠가는 답을 찾아야 한다.

보통의 여유, 약간의 행복

보통의 여유가 그립다. 업무 시간에 소화 가능한 일을 마무리하고, 일상으로 돌아가 가까운 사람과 수다를 떨고, 맛있는 식사를 하고, 가끔은 술잔도 기울이며 속 깊은 이야기를 공유하는 그저 보통의 여유. 스트레스에 시달리고 악몽에서 깨고, 새벽이나 주말에 업무 진척을 물으며 독려하는 게 아주 당연한 일상이 아니었으면 한다. 오늘과 내일, 그리고 모레 정도가 아닌 그보다 먼 미래를 그려볼 수 있는 삶이길 바란다. 해결할 방법은 생각보다 많지만, 해결 가능한 사람의 마음은 부재다. 한숨은 늘고, 마음은 식는다. 그렇게 서서히 멀어진다.

부러 시간을 짜낸다. 적어도 퇴근 후 시간, 남들이 쉬는 날에는 되도록 잡지 업무를 잡고 있지 않으려고 애쓰는 연습을 한다. 자꾸 습관처럼 일을 붙들기에, 차라리 다른 일을 만들어 시선을 돌려도 본다. 그래도 어차피 결국 제자리. 우리의 마감은 정해져 있고, 그 마감은 휴일을 비켜가주지 않는다. 잡지가 나왔을 때의 희열과 잡지가 잘 팔렸을 때 보게 되는 판매원분들의 웃음에 약간의 행복이 스민다.

다음 호 콘텐츠 회의가 시작되면, 현재를 뒤덮은 불만과 불안을 편집국은 '잠시' 잊는다. 마감된 원고를 보면, 일주일 정도 빼곡하게도 짜인 기자들의 동선이 읽힌다. 이미지 하나를 봐도, 지난한 과정이 전달되어 미안하고 고맙다.

무능력과 무책임의 상관관계

권리와 권력은 누리면서 정작 의무와 책임과 담을 쌓은 인간 군상을 접하는 것이, 요즘 내 최대의 고민이고 스트레스다. **책임지지 못할 일을 벌이는 것은 엄밀히 따지면 능력의 부재가 맞다. 노력과 시간을 공중에 흩뿌리는 사실을 스스로 알지 못하니 바쁠 수밖에 없다. 실제로는 바쁘지 않아야 하는데 요상하게 바쁘다. 몸은 힘든데 결과물이 전무하니, 안타까워 눈물이 날 수도 있다. 그렇다고 '열심히 했으니 괜찮아! 잘했어!'라고 자위하며 넘어갈 일도 아니다. 취미나 봉사활동이라면 상관없지만, 보수를 받고 하는 일이라면 망상에 젖지 말고 자신의 능력과 그 결과 파생되는 내용물을 가늠할 수 있는 깜냥을 갖추는 게 우선이다. 그것이 함께 일하는 동료에 대한 예의다.**

무능력한 사람은 무책임하다. 책임이란 것 자체가 일에 대한 이해도가 있어야 가능한 것인데, 문제의 원인을 알아차릴 능력 자체가 부족하니 책임을 져야 한다는 사실을 깨닫지 못한다. 고민할 게 없으니 상대적으로 해맑다. 때로는 자신이 능력적으로 유능하다는 착각에 빠져들 때도 있다. 보통의 무능력자가 안쓰럽다면, 스스로 유능하다고 착각하는 무능력자는 위험하다. 조직에서의 직급이 올라갈수록 회사 전체에 심각한 문제를 초래할 가능성도 짙다. 책임을 지지 않는 결정권자는, 모두에게 민폐를 끼치는 필요악이다. 잘 알지도 못하면서 뭔가 폼나는 일은 해보고 싶은 아마추어적 발상에 허우적대는 꼴인데, 그러다 곁에 있는 사람까지 붙들고 다함께 가라앉기 십상이다.

성인이 된 이후, 사회에 첫 발을 내디딘 이후, 줄곧 무능력한 사람이 되지 않으려고 애쓰는 나날이다.

각자의 우주

하늘을 올려다 볼 여유가 없는 시대에 산다. 해가 사라지고 어둠이 드리우는 것은 힘겨웠던 하루가 비로소 마무리 되었다는 공통의 신호에 불과하다. 이곳저곳 건물에서 쏟아진 수많은 사람들은 잰걸음으로 각각의 안식처로 돌아가기 급급하다. 보이지도 않는 별을 찾아 머리 위 밤하늘을 뒤적이는 것은 사치다. 가능한 빨리 귀가해 내일을 위한 휴식을 취하는 게 무엇보다 우선이니깐. 밤하늘에 펼쳐진 별을 보며 과학잡지를 뒤적이고, 다양한 상상을 수놓던 시절은 까마득한 시절이 되어버렸다.

그럼에도 우리는 여전히 우주를 탐험하는 중이다.

인간은 모두 각자의 '우주'를 가지고 있다. 좋고 나쁨을 가르는 취향, 옳고 그름을 가늠짓는 가치관, 그 밖에 모든 다양한 사고들이 복잡하면서도 그 나름의 원칙을 가진 채로 얽혀 있는 미지의 공간. 인간의 삶이란 자신의 우주를 탐험하면서 평생토록 그것을 확장 혹은 축소하는 일련의 과정들의 연속이 아닐까 생각한다.

곳곳에 숨어있는 문제를 해결하거나, 혹은 그대로 두거나 하면서 존재로서의 의미를 알아가고 되새기는 시간들. 타인을 마주하는 일은, 두 사람의 우주가 충돌해 서로 영향을 끼치게 될 수 있다는 것을 의미한다. 우정이든, 사랑이든, 하물며 직장에서의 업무든, 아무튼 모든 것이 전부 다.

모든 것들은 결국 각자의 우주에 어떤 식으로든 영향을 끼친 셈이고, 지금 현재의 '나'를 빚어놓은 과정이다.

그러니 의미 없는 시간도, 의미 없는 일도 없다.

그리고, 에필로그

길다면 길고, 짧다면 짧았던 이번 <나쁜 편집장>의 발행 작업. 아무것도 모른 채로 출판사를 덜컥 만들고, 모든 과정을 직접 진행하며 스스로 많은 것을 배운 시간이기도 했습니다. 본업에 충실하면서, 퇴근 후 시간과 휴일을 짜내어 만든 한 권의 책. 특히 이번 작업은 페이지마다 삽입된 손그림을 비롯해 전반적인 디자인에 애써준 이용혁 디자이너 덕분에 실현 가능했던 것 같습니다. (고맙다, 친구야!) 이하 그와 나눈 대화의 조각들.

박현민 이번에 <나쁜 편집장> 만들면서 좀 어땠어?

이용혁 엄청 할 일이 많았지. 주로 하는 건 아트디렉팅이나 브랜드 디자인 쪽인데, 북디자인이 익숙한 작업은 아니니깐 더 그랬던 것 같고. 오랜만에 직접 그림을 그리면서 안 쓰던 근육을 써서 그런지 오른손에 쥐까지 났어. 혹시라도 또 이런 작업을 하게 되면 예산을 만들어서 꼭 전문 일러스트레이터에게 외주를 주도록 하자.(웃음)

박현민 어쩔 수 없어. 우리는 돈이 없으니깐.(웃음) 하지만 오히려 그런 날것의 느낌이 더 지금의 글과 잘 붙었던 것 같은데.

이용혁 전문 일러스트레이터가 아니라 독자들에게 좀 미안하지. '발그림'이라고 괜히 욕을 먹을 것 같아 사실 두렵기도 해.

이용혁 그나저나 책 제목은 왜 <나쁜 편집장>으로 했어? 빅이슈코리아 편집장이.

박현민 여기 편집장을 하면서 종종 듣게 되는 말이 "좋은 일 하시네요"였거든. 달콤한 말에 취해 정작 맡은 일의 성과에 대한 판단이 흐려지는 것 같은 기분이 들었어. 능력이나 업무 성과에 대한 이야기가 아니라 '착한 일을 한다'는 행위 자체에 포커싱이 맞추어져 있으니, 중요한 많은 게 오히려 잠식되는 기분이랄까? 일반적으로 콘텐츠를 만드는 일은 '착한 일'과 상당한 거리가 있기도 하니깐.

이용혁 거기에 전적으로 동의해. '착한 일을 하니깐'으로 퉁치지 말고, 양질의 콘텐츠를 효과적으로 만드는 데 집중해야지. 가끔 능력 없는 사람들이 '착한 일'로 자신을 과대 포장해서, 프로페셔널하지 않은 경우를 너무 많이 봤거든.

박현민 휴, 그 말을 하자면 정말 끝이 없어서 패스.

이용혁 '우주북스'는 어떻게 나온 이름이야?

박현민 간단히 말하면 '우주=우리가 주인공'이라는 뜻이야. 요즘, 고민을 더하면서 '각자의 우주'라는 개념으로 확장해

보는 중이고. 'woozoobooks' 이렇게 알파벳 O가 반복되어서 둥글둥글한 느낌인 것도 좋은 것 같아. 식탁에 앉아서 고민하고 있으니 곁에서 보고 있던 아내가 툭 던져줘서 그대로 받았어. 그래서 요즘 '우주북스'에 대한 지분을 요구하고 있지만.(웃음) 집까지 일을 안고 들어오는 것 때문에 덩달아 같이 고생을 많이 해준 아내에게 엄청 고맙지.

이용혁 '우리가 주인공'이라는 뜻은 확실히 좋아보이네. 요즘 자존감을 올리려는 책들이 많잖아. 그게 스스로 '인생의 주인공'이 되고 싶은 마음의 발현 아닐까 싶어.

이용혁 앞으로 우주북스에서는 어떤 책들이 나와?

박현민 시작은 역시 내 주변이 될 것 같아. 기자를 10년 넘게 하면서 만났던 수많은 인연들의 이야기를 책으로 담아내고 싶어. 혼자 알기엔 아까운 스토리가 많으니깐. 그런 것들을 기획해서, (이게 가장 중요한데) 부끄럽지 않은 결과물로 만들어 내고 싶어. 오랜 시간 독자로서 책을 접하면서 내가 보고 싶었던, 사고 싶었던 그런 책을 세상에 내보이고 싶어. 물론 판단은 독자의 몫이지. 그러한 과정에서 의미있는 메시지를 담아낼 수 있으면 스스로도 더할 나위 없이 행복한 작업이 될 것 같아.

나쁜 편집장

초판 1쇄 인쇄 2019년 8월 5일
초판 1쇄 발행 2019년 8월 19일

지은이/박현민
펴낸이/박현민
펴낸곳/우주북스
디자인·일러스트/이용혁(찰리파커)

등록/2019년 1월 25일 제312-2019-000011호
전화/02-6085-2020
팩스/0505-115-0083
전자우편/gato@woozoobooks.com
인스타그램/instagram.com/woozoobooks
페이스북/facebook.com/woozoobooks
홈페이지/www.woozoobooks.com

ISBN 979-11-967039-1-2 03800

이 도서의 국립중앙도서관 출판예정도서목록(CIP)은 서지정보유통지원시스템 홈페이지(http://seoji.nl.go.kr)와 국가자료종합목록
구축시스템(http://kolis-net.nl.go.kr)에서 이용하실 수 있습니다.(CIP제어번호: CIP2019026661)